アルゲート・オンライン
Argate Online

～侍が参る異世界道中～

touno tsumugu
桐野 紡

主要登場人物
リティナ
ギルドの受付嬢その二。
セクシーなお姉さんタイプで、
熱狂的なファンが多数いる。
アラベル
ギルドの受付嬢その一。
元気いっぱいでちょっと天然。
パンチラが多いのはご愛嬌。
アネッテ
エルフの精霊術士。
人攫いによって連れ去られたところを、
リキオーに助けられる。
ハヤテ
リキオーに飼われることになった、
狼モンスターの子ども。
毛がモフモフとしていて女性受けがいい。

アルティオ
ユシュト村出身の賢者。
空気の読めないナルシストだが、
仕事は堅実にこなす。
リーリャ
「鷹《たか》の巣《す》団」の女剣士。
王都にまで名を轟かす使い手だが、
口が悪いのが玉に瑕《きず》。
リキオー
VRMMO「アルゲートオンライン」の世界に、
侍として転生した普通の青年。
豊富なゲームの知識で異世界をチートに遊び尽くす。

1　異世界にて

稜威高志《いづたかし》が目を覚ますと、そこは温暖な森の中だった。

「あ、あちぃ……う、うう」

ぽかぽかと照りつける陽の光にうなされ、高志の意識は次第に覚醒《かくせい》していく。それでも、もう一度眠ろうと無駄なあがきを続けていたのだが、ついに耐えきれなくなりガバッと体を起こした。

しばらくぼうっとしてしまう高志。しかしやがて肌にまとわりつく空気のリアルな感触に違和感を覚えはじめる。そして、意識がはっきりすると急に驚きの声を上げた。

「なっ、何だぁ？」

目の前には、見たことのない風景が広がっている。

しかも外だ。

高志は昨夜、テスト勉強をしてから寝間着《ねまき》の甚平《じんべい》に着替え、ベッドで寝たはずだった。それなのに、今身につけているのは高校の制服の黒ズボンに白シャツ。なぜか手の甲から腕にかけてを覆う篭手《こて》と、太ももには佩楯《はいだて》を装着している。一応、鎧も着ていたが、胸の部分には大きな隙間が空いており、制服の白いシャツが覗いていた。そして足には、運動シューズ。

手を動かすと、重たい金属に触れた。

高志は「む？」と眉間にシワを寄せながら、それを握りしめて引き寄せる。眼の前に持ってきたその物体には見覚えがあった。

シブい朱色《しゅいろ》の反りが入った長めの鞘《さや》と、金属製の鍔《つば》と鶴の紋所《もんどころ》……。

「な、正宗《まさむね》？」

正宗とは、彼がプレイしているVRMMO、つまり仮想空間再現型オンラインゲーム『アルゲートオンライン』に登場する武器である。

握りの部分に施された赤い糸の刺繍《ししゅう》や、鍔《つば》に入っている鶴の紋所は、たしかに見覚えのある意匠で、彼がゲームの中で使用していた正宗に違いない。しかし、正宗はゲーム内のアイテムだ。現実にあるはずがない。では、今、彼は『アルゲートオンライン』をプレイ中なのか？

現実の高志の左手の付け根には過去の事故による傷痕がある。今ではもうかなり薄くはなったが、未だに醜《みにく》い治療の跡が残っている。VRMMOは高い精度で現実を再現していたものの、ゲームでは傷痕までは反映されていなかった。

しかし、その傷がちゃんとここにある！

それは、今いる場所がまごうことなき現実であることの証明ではないか。

「まさか、俺、ゲームの中にいるのか？　ありえないだろ」

暗い朱色の鞘の鯉口《こいぐち》を握り、少しだけ抜いてみた。美しい刃紋がギラギラと輝く。

「ゲームだとしたら、自分のステータスは表示できるのか？」

そう思い、高志は「ステータス」と口にしてみた。

すると目の前に半透明な青い画面が現れ、ステータス画面と思われるものが表示される。

「うは！　本当に出るとは。しかし面白いな。ところでログアウトボタンあるかな」

ゲーム中であるならログアウトボタンを選択すれば、元の世界に戻れるはずだ。

しかし、ステータス画面からメインメニューに戻り、ログアウトの操作をしようとしたのだが、その項目自体が見当たらない。

「切断メニューないんだけど……。じゃあ、〝ぐわし〟だな。って、ぐわッ、できねぇ……。指痛ぇし」

〝ぐわし〟というのは、ある漫画家のコメディ作品に登場する、中指と小指を折り曲げ他の指を真っ直ぐに伸ばした手の形のことだ。

なぜ今〝ぐわし〟をしたのかというと、バグなどで切断メニューが開けないときに、特定の動作を繰り返すことで強制的にログアウトさせる機能が『アルゲートオンライン』にあり、それに彼が登録していた動作が〝ぐわし〟だったのである。

この手の形を現実でやろうとすると、薬指と小指が連動するため、なかなか難しい。しかし、ゲーム上では簡単にできたので、一時期かなり流行った。

それで今、高志はその〝ぐわし〟を試そうとしたのだが、現実と同じように薬指と小指が連動して〝ぐわし〟の形にならなかった。さらに、無理にやろうとすると痛みを感じた。痛みが知覚できるということは、ペインアブソーバーが機能していないということになる。

ペインアブソーバーとは、『アルゲートオンライン』のシステム設定で、痛みを制御する機能である。またそれ以外にも、恐怖などの感情も制御する。

例えば、敵に襲われてヒットポイントが1になり瀕死になれば、現実では動けるはずもない。ところが、『アルゲートオンライン』の世界では、死に対する恐怖が抑制されているのに加えて、戦闘では痛みを感じない。そのため、ヒットポイントが1でも戦うことができたのだ。

「やっぱりゲームじゃないみたいだな。まあ、でもこれだけは試してみないとな」

そう言うと、高志は自分の指を正宗で切ってみた。

ゲームでは自傷行為そのものができなかったし、他人に切られても血は出なかったが、今、正宗で切った指先からは、赤い血がぽたぽたと垂れている。それを舐めると血の味がした。

「痛ぇ。リアルじゃねーか……」

ゲームの中では、傷ついても街中などのセーフティエリア内であれば回復速度が早くなるはずだが、ここは野外に見える。おそらくセーフティエリア外だろう。そもそもゲームではない現実ならばそんな恩恵が得られるはずはない。

高志は気を取り直して、再びステータス画面を確認してみた。そして、驚くとともに笑ってしまった。

「なるほど、この世界では俺はリキオーなのか！」

リキオーとは、高志が『アルゲートオンライン』の中で使用していたハンドルネームだ。名前の横の17という数字は彼の実年齢を表している。

クラスは、その人物が何者であるかを示す項目だ。ゲームをはじめたばかりの冒険者は大概「自由人」となっていて、どんなジョブも選択可能になっている。

「LP（ライフポイント）12ってめちゃ低いなあ。ていうか、レベル1って何よ」

『アルゲートオンライン』では、高志のアバターのレベルはカンスト、つまりカウントがストップし、これ以上は上がらないという上限値まで達していた。当然、アビリティ、ジョブ専用のウェポンスキルなど覚えられる能力は全て覚え済みだった。

しかし、表示されたステータス画面ではレベルは1になっており、その面影《おもかげ》はない。以前に獲得していた能力もほとんど記載されていない。

目の前に出た半透明な仮想スクリーンのボードを指で触ってみると、各ステータスの数字を弄《いじ》ることができた。

どうやら、ボーナスポイントを振り分けることができるらしい。

現在、各種ステータスはおしなべて平均なので、ボーナスポイントで特化させるというわけだ。『アルゲートオンライン』を初めてプレイした時も、この振り分けをやったと思うが、高志はすっかりそのへんのことは忘れていた。

しかし、ひとつ気になることがある。数値の中には格段に高いものがあるのだ。LPが12に対して、HP（ヒットポイント）が33と三倍近い差となっている。

ちなみに、HPは、プレイヤーの生命力を表す数値ではあるが、すべて失われても死ぬことはない。HPはLPを守る壁のような扱いで、HPがなくなるとLPが減っていく。なお、LPがなくなることは死を意味する。

高志はしばらく考え込んでいたが、やがて答えに行き着いた。

「そうか！　装備による加算か」

ステータス画面を横にスクロールすると、装備画面が現れた。

装備できる体の部位は頭、首、体、上腕、下腕、背中、腰、両脚、両膝下、耳の左右、指の左右。

武器は、メイン武器、サブ武器、遠距離武器、矢弾《やだま》、投擲《とうてき》武器を装備することができた。

装備してないところは何も表示されず空きになっている。

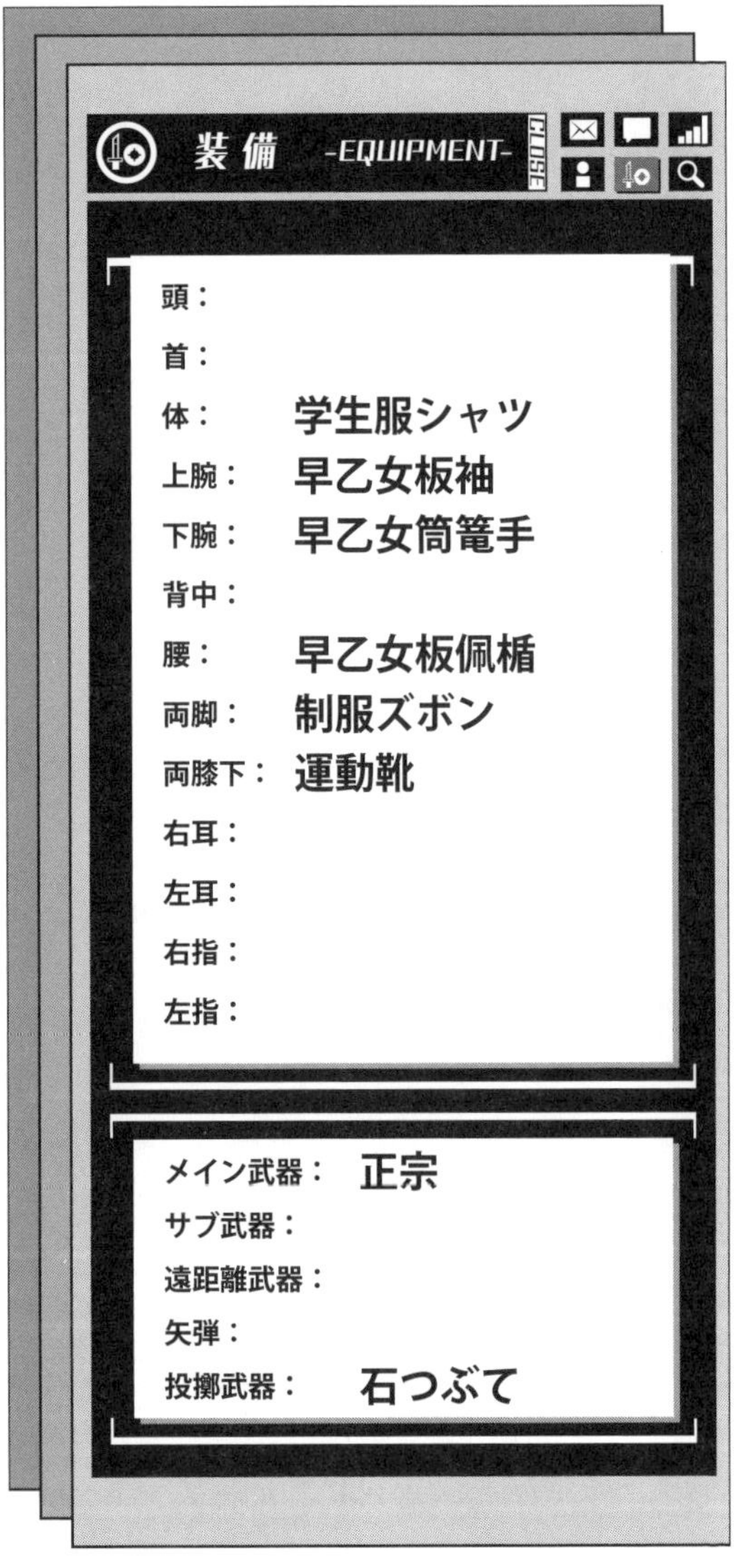

「なるほどな。袖《そで》に篭手《こて》、佩楯《はいだて》か。ジョブ専用装備にはステータスブーストがついてるもんな」

つまりリキオーのHPが高くなっていたのは、彼のジョブである侍専用の装備をしていたためだったのである。

ちなみに、袖《そで》とはリキオーの両肩に装着されている小さな盾が組まれたようなパーツで、篭手《こて》は腕を覆う筒状の手甲《てっこう》である。佩楯《はいだて》とは太もも部分を覆う袖と似た形状のパーツだ。

防御面でいえば、胸の部分ががら空きなのが不安要素ではあるが、体を横にして袖を向け、敵に対して見える面積を極力狭くすれば、それだけで体のほとんどは隠れてしまうので良しとしよう。

これらの防具と正宗は、高難度のクエストで手に入れることができる侍専用装備品で、本来レベル1で装備できるものではない。そもそも『アルゲートオンライン』では、装備に対してレベルが足りない場合は、重さに耐え切れず動けなくなるなどのペナルティがある。

しかし、リキオーのステータス上では、ペナルティどころか本来の性能を発揮している。正宗と同様にかなりチートといっていいかもしれない。

ステータス画面をスクロールして下に進めると、スキルが表示されるようだ。

すでに獲得しているスキルは、侍の固有スキルである【両手刀（b）】、鑑定能力だと思われる【鑑定（c）】、そして何に使うのかわからない【翻訳（c）】。ちなみに、スキル名の下のアルファベットは、熟練度を示している。

獲得可能なスキルは現時点では何もないようだ。そもそも割り振れるスキルポイントがないため弄《いじ》りようがない。画面を戻して、ステータスのボーナスポイントを割り振ることにする。

ボーナスポイントをすべて振り分けると、次のようにステータスが変わった。

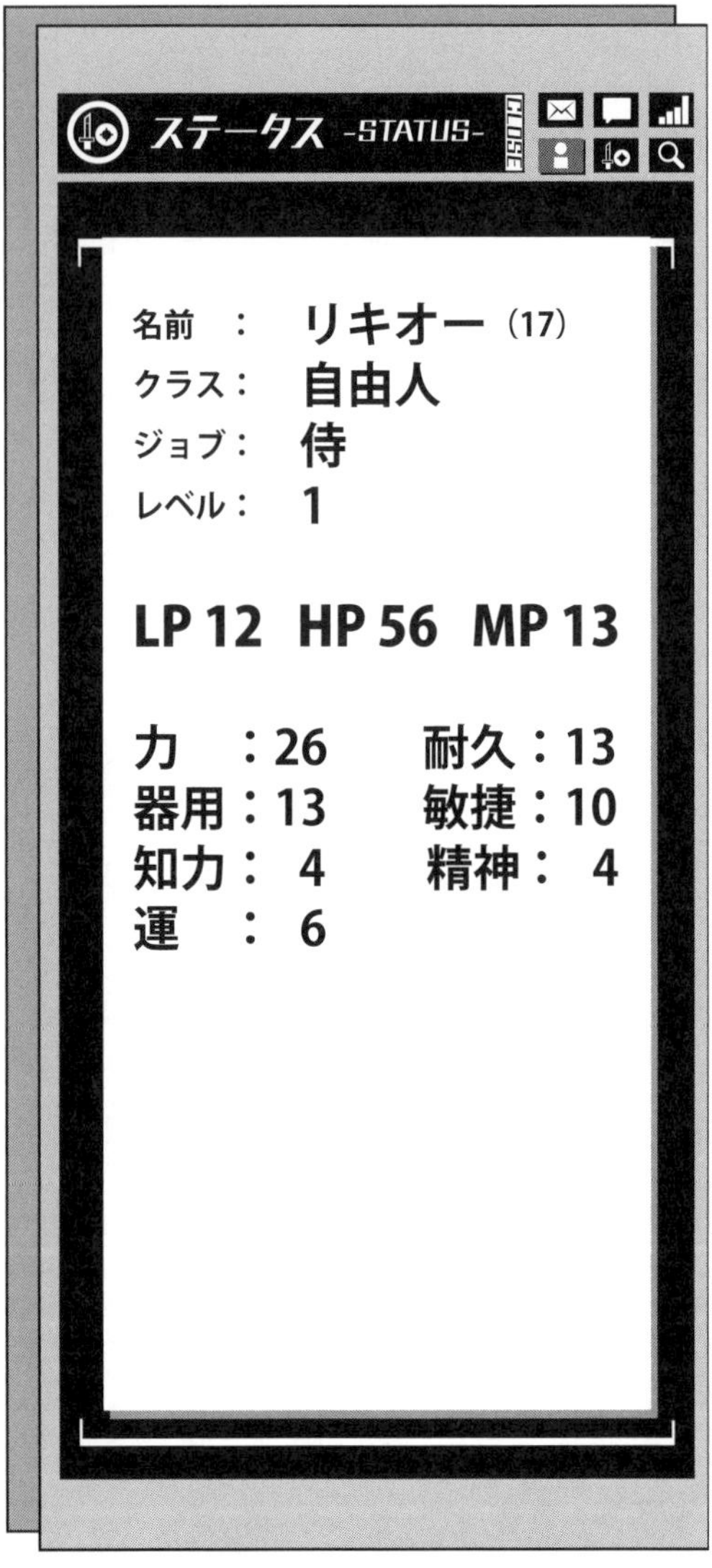

とりあえず、攻撃力の基礎値である「力」と防御力の基礎値である「耐久」に加算し、回避力に

関係する「敏捷」を底上げした。

ステータスの確認は以上だ。

立ち上がって正宗を握り、刀身を引きだして素振りをすると、ビュッビュッと風切音がした。そうして、体に馴染ませるのを第一に考えて動いてみる。

「しかし、最初から正宗っていいのかな……。俺は嬉しいけど」

『アルゲートオンライン』において、侍のジョブが最初に扱える両手刀は無銘刀《むめいとう》だ。正宗は、レベル40以上で受けられるクエストで手に入る侍専用武器の両手刀で、反《そ》りが入った長刀である。

レベルが上がると、もっと攻撃力のある刀に装備を替えてしまうのが一般的だが、高志は本気武器以外のオシャレ装備として、この正宗を愛用していた。というのも、本気武器のほうは、反りが入っておらずイマイチ格好よくなかったのだ。

正宗を振っていると、ステータスに表れない身体強化の効果がかかっているような気がした。体がずいぶんと軽い。正宗に限らず、両手刀は結構重量がある大振りな武器である。しかし、今手にしている正宗は竹刀《しない》よりは重い程度の感触でしかない。

リキオーは正宗を鞘に納めて、その場でぴょんぴょんと飛び跳ねてみた。

「うん、やはりな。身体強化がかかってる」

いつもより機敏な動きができる。少し跳ねるだけで彼の前に立つ木々の梢《こずえ》に手が届き、さらに落下して着地するときも筋肉の動きが滑らかだ。

そういえば、ゲームにありがちな見えないカバンみたいなものはあるのだろうか。

試しに、「アイテム」とか「装備」とか、関連すると思われる単語を呟《つぶや》いてみた。

すると、ステータス画面の横からスライドするように、インベントリ画面と、装備画面が表示された。装備画面のアバター表示には、リキオーの着ている服と正宗が映っている。

どうやって取りだしたり収納したりするのだろうかと考えていたところ、インベントリに赤いポーションらしきものを発見したのでタッチしてみる。

目の前に、試験管によく似た、赤い液体が詰められた細い透明な小瓶が、ぽろっと落ちてきた。

高志は、それを手でキャッチしてしげしげと眺める。

「これがポーション？　ＨＰ回復なのかな」

じっと見ていたら【鑑定】スキルが働き、アイテムの名称が表示された。

鑑定
-APPRAISAL-

鑑定結果

【ＨＰ回復ポーション】
効果：ＨＰを25％回復する。飲料用。直接かけても回復する。クオリティ：不明

「おお、便利だ」

試験管の上部、口の部分には金属製の安全弁が見える。中に充填《じゅうてん》されている赤い液体は日にかざすと不思議な輝きを放った。

【鑑定】スキルで見たアイテムの解説文にあるように、本来は飲用だが魔法により半物質化しているため頭からかけても回復する。

ポーションの味は柑橘《かんきつ》系。ただし薬臭く美味しくはない。別にあるMP回復用は葡萄《ぶどう》のような味らしい。使用回数が決められており、それを超えると効果が急激に落ちるなど、中毒症状が出る。

解説文のクオリティ欄を表示させるには、上位の【鑑定】のスキルが必要なのだろう。

ところで、取りだしたはいいが、逆に収納するのはどうしたらいいのか。

(ポーションの小瓶を収納！)

そう念じながら小瓶を握ったまま腕ごと左右に振ってみると、リキオーの右の脇腹あたりの空間を通った瞬間、小瓶が手から消えた。

「おお！」

インベントリを表示したところ、収納したポーションが、元々表示されていたポーションのまとまりの隣にある。

スタックはできるのだろうか。スタックというのはまとめるということだ。

そこで、入れた小瓶をタップして元の位置に移動させてみたら、ポーションの表示の右下にあったスタック個数の表示が98から99に変わった。

表示されている半透明のディスプレイはさっと手を振ると消える。

また、声に出さなくても意識して「ステータス」と念じれば表示された。閉じるときはやはり「クローズ」と念じるだけで大丈夫だ。

インベントリの操作も何となくわかった。

例えば「ポーション」と念じながら、脇腹あたりの空間から引っ張り出す動作をすれば掴み出すことができるのだ。練習すると、懐からでも取り出すことができるようになった。収納も意識して動作すれば、どこからでも入ってくれた。ただしまとめのスタックは自動ではされないようだ。

改めてインベントリの中を確認する。そこには、金貨五百枚と、ＨＰポーションが99個、ＭＰポーションが45個スタックされていた。

さらに、沈黙薬と毒消しが50個ずつ、体調不良を防止するための丸薬や、予備の服装備とキャンプセットに、メモ帳の類と筆記用具。

そのほかには、魚釣り用の釣り竿セット、モンスター釣り用に弓と矢などが入っていた。

弓なのに釣りとはこれ如何に、と思うところだが、これには理由がある。

レベル上げパーティでは、侍などのアタッカー役が経験値に見合う敵を見つけ、キャンプにまで牽引する。これを指してゲーム内用語で「釣る」と表現するからだ。

それにしても、金貨五百枚、ＭＰポーションが45個とは、半端な数だなと疑問に感じていると、そこではたと思いだした。

「金貨五百枚って、これ前のクエストで出たレア装備売って山分けした報酬そのまんまじゃん。ＭＰポーションが45個なのは、そのクエストのときに猫魔にあげたからだし！」

高志は昨日、『アルゲートオンライン』の世界にダイブし、友人の猫型獣人の魔法使い、猫魔に誘われて、ダンジョンの中に迷い込んだ家出娘の捜索をするというクエストにつき合った。そこで、一緒に行った軽薄な聖騎士がやたらめったらダメージを食いまくって往生したのである。

聖騎士は盾役の基本のようなジョブで、守りは堅いのだが、敵が強すぎるのか彼の装備ではダメージを吸収できず、猫魔が本来の仕事を減らして、彼の回復に徹することになった。猫魔が回復にＭＰを使いまくったので、彼女のＭＰ回復分のポーションを高志が負担したのだ。

一通りアイテムの確認が済むと、急に今晩の寝床が心配になってくる。

「さて、あとは街かな。　野宿は避けたいよなぁ……」

そう呟きながら、高志は自分がこれまでとは異なる世界にいることに思いを馳せた。とはいえ、この異世界に放り込まれたことに、特に不満もなければ帰りたいとも思わない。どちらかと言えば現代日本社会に飽きていたほうだったからだ。

高志の両親は共働きのサラリーマンで、妹もいたが没交渉で仲が良いとはいえなかった。それでも家族としての絆が薄いというわけでもなく、両親や家庭に不満もないが、未練もまたない。

事件もなく平坦に続く日常。　レールを引いたように何となく未来に見当がついてしまう。そんな毎日に比べたらこの世界に期待するもののほうが遥かに大きかった。

高志はここで改めて、新たに「リキオー」として生きていくことを決意するのであった。

まずは街へ向かうため立ち上がってはみたものの、全く方向がわからない。

今歩いている場所に何となく勾配があるように感じられたので、それを下る方向に進んでみることにした。

歩くうち、先方の茂みからガサガサと音が聞こえる。

そして、そこから「ウゥ～」と唸り声を上げ、野犬のような四つ足の獣が急に飛びだしてきた。

「おっ、モンスターか！」

目を凝《こ》らしたら「ワードッグ」と表示され、名前の下にはHPを表すバー。目つきが卑《いや》しく、犬というよりハイエナのような見かけで、あまり愛《め》でたくなる獣ではない。

もし、ゲームのときと強さが同じなら、ワードッグはレベル10相当のモンスターだ。戦闘において安全な彼我《ひが》のレベル差は1から3ぐらいが妥当であるとされていたので、レベル1のリキオーではかなり危険な相手といえる。

しかし、そんな敵を前にしても不思議と怖くない。むしろ格下にさえ感じる。リキオーは鞘に正宗を納めたまま、モンスターを迎え撃つことにした。

ワードッグがタタッと駆け寄り、リキオーに向かって飛びかかってくる。

彼は冷静にモンスターを見据えて、体勢を少しずらしただけで避けた。

そして正宗の鞘でモンスターの首を横から殴りつけた。

「ギャウッン！」

ボキッと骨が折れたような音とともにワードッグが崩れ落ちる。

あっけない初戦だった。

刀を抜くまでもない。

倒れたワードッグに近づいてたしかめると、死後痙攣《けいれん》を起こしている。

その様子を眺めながら、リキオーは困ってしまった。

ゲームの中なら、倒したモンスターは光の粒となって消滅し、すぐドロップアイテムとなるが、この世界ではそんなことはなさそうだ。

もしかしたら収納すればアイテムとしてインベントリに入るのかもしれない。そう思い試してみることにする。手をかざして「収納」と念じると、ワードッグの死体は吸い込まれるようにパッと姿が消えた。

ステータス画面をたしかめてみれば、インベントリには素材として皮、牙、肉などが入っている。

「助かった。血抜きとか肉を捌《さば》くのとか勘弁して欲しいからな。それにしても命を奪うのに躊躇《ためら》いは感じなかったなあ。人型モンスターならどうなのかね」

そう呟き、リキオーはウィンドウを閉じた。

現代日本にいた頃は、彼は調理をしたことがなかった。せいぜい具材に包丁で簡単な切れ目を入れたり、ぶつ切りにした野菜を鍋に投入したりした程度だ。しかし、この世界では、インベントリに入れるだけで、素材や食料に加工することができる。

（これはちょっと、信頼できる相手の前以外では見せないほうが無難だな……）

高志はそう決意した。

さらに森の中を歩いていくと、次に出会ったのは灰色のモコモコしたウサギのような獣であった。その生き物はリキオーを見るなり素早く姿を消してしまった。

「獣、だよな……」

今度見かけたら相手に気づかれる前に投擲《とうてき》を試してみよう。そう考えて再び歩き出す。

侍は弓を使えるので【射撃】スキルも、拾った石や小刀などを使う【投擲《とうてき》】スキルも取得できる。遠距離からの攻撃は、相手に見つかっていない場合だと、不意打ちによるダメージボーナスがつく。

歩きながら、ふとリキオーは思いついた。

ことによると、野宿の可能性も視野に入れておくべきかもしれない。となれば、野営して獲得したアイテムを加工して食料にする必要もあるだろう。

（そういえばワードッグを倒した時の肉って食べられるのか？）

インベントリから「ワードッグの肉」と念じながら取りだしてみると、ムワッとイヤな臭いが漂った。思わず取りだした肉片を汚いものでも触るように、指先で摘まむ。

鑑定
-APPRAISAL-

鑑定結果

【ワードッグの肉】

臭みがあり、硬く、食用には向かない。クオリティ：f-

「ゲッ、こりゃダメだわ」

リキオーはワードッグの肉を持っていても仕方がないと判断し、茂みの向こうに放り投げた。

「やっぱり、見た目がダメなら食用には向いてないのかねえ」

やれやれと思いながら歩きだすと、今度は小川を見つけた。サラサラと流れる水は透明で綺麗《きれい》だが、飲料用に適するかどうかはわからない。

あたりを見回して警戒しつつ、小川の上下流に何か獲物はいないかと探してみた。

すると、さっき逃げられたのと同じウサギのような生き物を発見。

目を凝らしてたしかめたところ「グラスラビット」と表示される。

グラスラビットはさっきの獣のワードッグと違い、魔物であるらしい。

魔物の中でも最低レベルのレベル10相当だが、ワードッグを格下と感じたように、グラスラビットを前にしても強さを感じない。

リキオーは手頃な石を河原から拾い上げ、水切りをする要領で放つ。

軽く投げたつもりだったのに自分でも思ってもいなかったほどのスピードが出て、グラスラビットの体を撥《は》ね飛ばした。

悲鳴を上げる暇もなく倒れるグラスラビット。

グラスラビットの上に見えていたライフを表示するバーが一瞬、攻撃されたことを示す赤色に変化し、すぐにゼロになって消える。

「よしっ」

リキオーはグッと手を握りしめて、やったぜと心の中で呟く。

グラスラビットの死体に近づき、収納して、インベントリをたしかめた。

獲得したアイテムは、グラスラビットの毛皮と魔石。

ステータス画面を開くと、レベル3に上がっており、取得スキルの末尾に【投擲《とうてき》（C）】が追加されていた。レベル10モンスターを二体も倒し、さらに一方が魔物だったので、経験値を多くもらえたのだ。

レベルアップにより獲得したスキルポイントで、さっそく【見切り（C）】を獲得する。

これは、敵の動きや構えから、使ってくる技や出方などを判断し、紙一重で攻撃をかわすスキルである。

まだまだ疲れてもいないので、街を探すついでに少しレベルアップを目指そうと森の中を進む。

すると、先ほどの小川を下って数キロ進んだあたりで、森の植生が明らかに変化した。

今までリキオーがジャンプすれば届く程度の低い木しかなかったのに、木々の間隔が広がり、大振りな木が増えたのだ。

そこには獣道と思われる小道が続いていた。

リキオーは、これ幸いとばかりにその道を辿って歩きはじめる。

しばらくすると、「キャアッ」と明らかに女性と思しき悲鳴が響いてきた。

リキオーは、声のしたほうへ駆けだし、茂みを掻き分けていく。視界の先に、細い足首を押さえて蹲《うずくま》るセミロングの青い髪の少女が見えた。

そして、彼女を狙い、五匹のワードッグが少女の退路を断つように唸り声を上げている。

2 第一村人と遭遇

(おおっ、可愛い子ちゃんハッケーン！)

リキオーは脳天気に顔を綻《ほころ》ばせながら、ワードッグ目がけて正宗を振りかぶる。

大振りな一刀目は、ワードッグが素早く動いたためにあっさりと避けられた。

その隙を狙って、二匹のワードッグが彼の元に殺到した瞬間、リキオーは再び刀を振り上げる。

所謂《いわゆる》、燕《つばめ》返しである。

ワードッグは衝撃で「ギャウン！」と甲高い音を上げて吹き飛んだ。

少女は突然現れたリキオーに驚いていたが、足首の怪我のため動けずにいる。

「大丈夫か？」

「あ……」

「すぐ片づけるから安心して」

驚きのあまり言葉が出ない少女に、リキオーはニカッとぎこちない微笑みを向け、残りのワードッグと少女の間に割り込んだ。

そしてその獣たちと対峙すると、抜いた刀をあえて鞘に戻す。

獣たちは涎《よだれ》を垂らしながら、隙だらけのリキオーに襲いかかった。

少女は、目の前の男がモンスターの餌食になるところを想像して思わず目を瞑《つむ》る……。

しかし、彼女の想像に反してその耳に聞こえてきたのは、ワードッグたちの叫び声だった。

「ギャウッ！」

リキオーは重心を低く落とした状態から刀を抜き放つと、襲いかかってきたワードッグを一掃してしまったのだ。

振り抜かれた刀の軌道上では、モンスターたちがまるで空間に縫《ぬ》い止められたように、あるものは両断され、あるものは致命傷を負って鮮血を噴き上げていた。

少女は、目の前で起きたことに判断が追いつかず呆然としている。

宙を舞っていたワードッグたちは断末魔の叫びとともに、ドサッドサッと茂みの中に落ちていった。

リキオーは、刀を左右に振って血を落とすと、刀をクルッと回し鞘に納める。

そして、ボスと思われる大型の死体に近づき、それをインベントリに収納した。

それから、未だに震えて動けずにいる少女に話しかける。

「大丈夫？」

「は、はい。……あ、あの、ありがとうございました」

「無事でよかったよ。おっと、怪我してるのかな」

「ワードッグから逃げるときに挫《くじ》いてしまって。でも大丈夫ですよ」

足首を見つめられたのが恥ずかしいのか、少女はポウッと頬を赤らめた。あわてて立ち上がろうとするが、痛みが走ってすぐ蹲《うずくま》ってしまう。

「無理しないで。あっ、そうだ」

そう言って、リキオーは懐からポーションを取りだした。少女の前で試験管の口を緩め、ポタポタと彼女の足に数滴垂らす。

少女は何をするんだろうと、されるがままにしている。

やがて垂らされた赤い液体がポワポワと不思議な輝き放ち、彼女の足から痛みが引いていった。

「えっ、あ、あの、それ……」

少女は初めて見る現象に驚愕《きょうがく》し、パクパクと口を開いて絶句している。

「気にしないで。たまたま持ってたから。もう痛みは引いたかな」

少女は立ち上がり、恐る恐る足を踏みしめる。そして足の状態が万全だとわかると、リキオーに笑いかけた。

「あ、あの私、イリヤです。危ないところを助けていただいてありがとうございました」

「俺はリキオー。こっちこそ助かったよ。実は道に迷っちゃってさ。よかったら君の街まで連れてってくれないかな」

リキオーの唐突なお願いに、イリヤはクスッと小さな笑い声を立てる。

「ウフフ、変な人ですね。あんなに強いのに迷子さんなんですか。いいですよ。それぐらいお安い御用です。助けていただいたお礼もしたいので、どうぞついて来てくださいね」

リキオーは誤魔化し笑いを浮かべて、イリヤと並んで歩きはじめた。

歩きながら、彼は隣のイリヤをチラチラと観察する。

イリヤは並より上の美少女だ。青い髪なんてまさにファンタジーだし、顔立ちは整っている。控えめな笑い方は人好きのする感じで魅力的だ。

着ているのは、白っぽい布で作られた貫頭衣《かんとうい》。腰のあたりを紐で縛っていて、健康的な太ももが付け根からスラリと伸びている。さっき足を挫いて蹲《うずくま》っていたときにチラッと見えた感じでは、下に穿《は》いているのはショートパンツみたいだった。

視線に気づいたイリヤが見返してきたので、あわててリキオーは視線を逸らした。

イリヤは思いついたようにリキオーに質問する。

「リキオーさんは剣士様ですよね。こちらにはどうやっていらっしゃったんですか」

答えづらいことを聞かれ、リキオーは戸惑う。

「あ、ああ、俺の国はジャポンっていって東方にあるんだが、森の奥でモンスターに襲われて仲間と散り散りになってしまって……。この辺のことはわかんないし困ってたんだ」

なんて、テキトーなことをでっち上げてしまった。

「まあ。それはお困りですね。今夜は私の家でお過ごしください」

「えっ、いいの？　知らない男なんて泊めちゃって困らない？」

「ウフフ、兄がいますから大丈夫ですよ」

イリヤは悪戯《いたずら》っぽい微笑みを浮かべた。

二人でしばらく歩いていくと、森が切れて開けた場所に入った。

丸太で組んだ門があり、そこを通ればイリヤの住む村のようだ。

門の前には門衛らしい男が立っていた。

「あ、マイヤーさん」

イリヤが声をかけると、マイヤーと呼ばれた男はいきなりリキオーをにらみつけ、腰に差した剣の柄に手をかけ警戒しはじめた。

「イリヤ、そいつは誰だ？」

さすがにこれだけの美少女だ、村のアイドルだったりするのかもしれない。そんなことをぼんやり考えていたら、イリヤが割って入った。

「この人は、森で私がワードッグに襲われていたところを助けてくれたんです」

「お？　そうなのか。見たところ剣士といった感じだな。イリヤの恩人はサテラ村の恩人だ。さ、入ってくれ」

マイヤーはそれまでの高圧的な態度から一変し、人懐っこそうな髭面《ひげづら》を綻《ほころ》ばせ、リキオーの肩を叩いて門の中へと誘《いざな》った。

門をくぐり抜け村に入ると、イリヤは気取ったように、その場でクルッと回ってみせた。

「リキオーさん。サテラ村にようこそ。私と兄の家はこっちです」

リキオーはクスッと笑い、先を歩く彼女の後を追って歩きはじめた。

通りにいた村人たちがイリヤに挨拶をし、彼女より小さな子供がリキオーを指さして笑い声を上げた。しかし嫌な感じはせず、村人たちの純朴さが窺《うかが》い知れた。

自分の家まで来ると、イリヤは玄関から入っていき中に向かって声をかける。

「兄さん、ただいま。お客様がいるの」

中から出てきたのは、引き締まった体つきをした若い男である。

「ん、イリヤ。そいつは誰だ」

男は、イリヤの後ろに立つリキオーを見据えてにらみつける。

「兄さん！　リキオーさんには森で獣に襲われていたところを助けていただいたのよ」

「なに？　お前、獣に襲われたのか？」

「もう、話聞いてるの？　リキオーさんに助けてもらったの！」

リキオーは目の前で繰り広げられる兄妹漫才のような会話に遠い目をしながら、ちょっとした居心地の悪さを感じた。兄妹の主導権はイリヤにあるようで、聞き分けのない兄をしつけるように、平然と斜めチョップさえカマしている。

「リキオーさん、ごめんなさい。バカ兄で」

「おい！」

イリヤが改めてリキオーに兄を紹介する。

「こっちが兄のトールです。こんな兄ですけど気にしないで、ゆっくりしていってくださいね」

「リキオーです。よろしくお願いします」

リキオーが苦笑しながら挨拶をする。トールと紹介された若い男はリキオーにビシッと親指を立てた。

リビングに通され、木の椅子に座って落ち着いていると、トールが話しかけてくる。

「まあ、イリヤの恩人ならいくらでも泊まっていってくれ。しかし、このあたりでもワードッグが出るようになったとなると、これからは気軽に薬草採りに行くわけにもいかんな」

「うん、そうね……」

頬杖を突いてため息を吐《つ》くイリヤ。

リキオー的にはワードッグ程度ならそれほど強くないので気にならないのだが、二人にとっては深刻な問題のようだ。

「あの、ちょっと教えて欲しいんですけど、魔物と獣ってどう違うの？」

ワードッグの話題が出たところで、魔物と獣の違いについて尋ねてみた。獣のワードッグと魔物のグラスラビットを倒したことで、二つの違いを疑問に思っていたのだ。

「まず区別は簡単だぞ。名前にワーってついてるのが獣だ。魔物はマッ・ド・とかデ・ス・とか物騒な名前だから。魔物ってのは普段、森の奥にいて人里近くには滅多に来ないんだ。それに魔物は体の中に魔石を持ってるのが、違うところだな」

魔石と言われて、リキオーはインベントリを確認してみる。

（アレ、そういえばグラスラビット倒して収納したら、肉とか毛皮とかの他に何か入ってたっけ）

リキオーは魔石と念じて、インベントリに入れていた魔石を取りだす。

「魔石ってこれですか」

赤くて少し濁《にご》った結晶体で、鈍い光を放っている。

（グラスラビットって、魔物にしては妙に弱かったけど）

魔物というくらいだから恐ろしいモンスターかと思いきや、弱いものもいるようだ。そう心の中でメモったリキオーだった。

「おう、それだ。売れるから取っといたほうがいいぜ」

いいことを聞いたと思ったところで、ふと彼らの生活が気になったので聞いてみる。

「ところで、トールさんたちは何で生計を立ててるんですか？」

「タメ口でいいぜ。俺は木こりだな。イリヤは畑もやっているんだが、このあたりの森は回復薬の材料になる薬草が取れるんで、そこそこの収入になるんだよ。今までは出てもワーラビットぐらいで、ワードッグなんて見なかったんで安心していたんだがな」

それを聞いてリキオーは提案する。

「それなら俺がイリヤの護衛をしようか？　タダ飯食らいで居候《いそうろう》してちゃ申し訳ないし」

「ワハハ、気にすんな。だが、暇なら時々護衛してくれ。いつも森に行くわけじゃないしな」

トールは気前よく笑い、イリヤも微笑んでいた。

それから三人で食事を取り、それを終えるとリキオーは寝室として空き部屋に通された。

それほど疲れたつもりもなかったが、思いの外《ほか》、疲労が蓄積していたのだろう。硬いベッドに横になり、ぼんやりと天井を眺めるうち、いつの間にか寝入っていた。

＊＊＊

「うーん」

パッチリと目を開いて起き上がると、自分が一瞬、どこにいるのかわからなくなった。

しかしすぐに昨日、イリヤを助けて彼女の家に泊めてもらったことを思いだした。

「ここどこ？　……ああ、そうか。イリヤの家か。さて、どうしたものかね」

リキオーはとりあえず、ステータス画面を表示させてみた。

（おっ、レベルが一気に2も上がってる。最初なんてＬＰが12だったのになあ）
しかし、よくよく考えるとワードッグなんて雑魚《ざこ》モンスターで2もレベルアップするのはおかしい。
インベントリで鹵獲品《ろかくひん》を確認してみたところその謎はすぐに解けた。

ワードッグの肉の中にワーウルフの肉が交じっていたのだ。夢中になっていてわからなかったが、ワーウルフも倒していたらしい。ワーウルフはワードッグの上位体モンスターだ。群れで行動し、鋭い牙は新人プレイヤーには脅威の対象となっている。

鑑定
-APPRAISAL-

鑑定結果

【ワーウルフの肉】
臭みがあり、硬く、食用には向かない。クオリティ：e -

（やっぱりこれも食用ではないのか。ワー系は諦めたほうがいいのかな。それとも犬とか狼だからなのか……うーむ）

考え込むリキオー。

とりあえずワーウルフの肉も廃棄することにした。

ステータス画面に映るインベントリの画面をいろいろと触っている内に発見したのだが、画面の下にあるゴミ箱にアイテムを移動するとアイテムは廃棄され、謎空間へと消えていく。

（さて、レベルアップで手に入れたスキルポイントはどう振ろうかな）

昨日の昼間、出会う人に対して、それとなくステータスサーチをかけてみたことを思いだす。

『アルゲートオンライン』ではパーティを組むのにいくつかの方法がある。

目の前にいる相手に直接交渉して組むのもありだし、同じ地域にいる不特定の人間をサーチして探し、ゲームシステムに用意された遠距離チャットで話しかけて誘うという方法もある。サーチの条件はいろいろと変更することができる。レベルであったり、装備品であったり、性別であったり。

この世界では、チャットはできないがサーチだけはできるようになっているらしい。これは、作日いろいろといじってみて確認済みだ。

村の入り口の門で会った門衛のマイヤーのステータスはこんな感じだった。

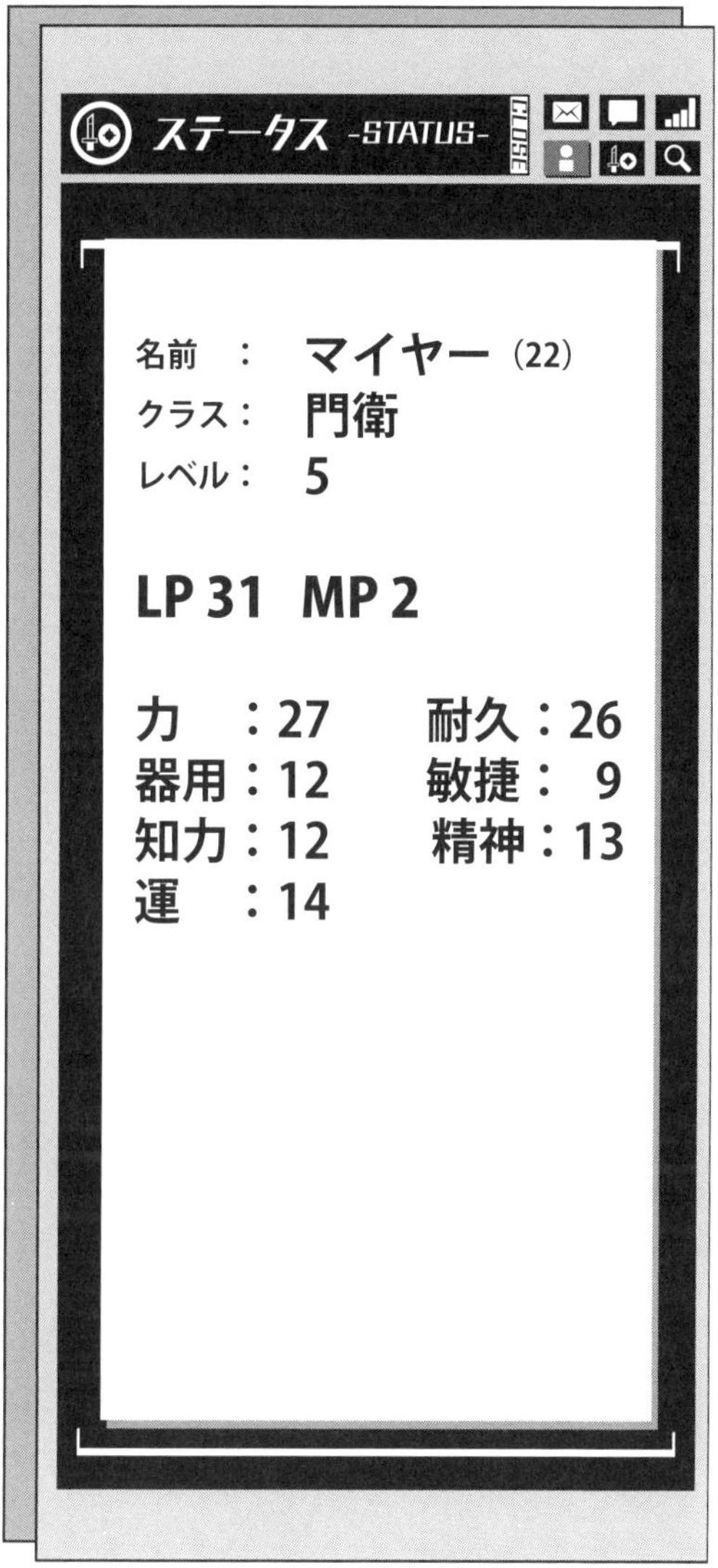

（斧を背負っていた気がするんだが、クラスは門衛なのか。ＮＰＣによくいる職業じゃないか。レベル１でポイント振る前の俺よりはライフポイントが高いけど、うーむ、それはプレイヤーとＮＰＣの差なのか）

というのが、そのときのリキオーの感想だった。

門番という無骨なクラスで、魔法とは縁がなさそうなのに、MPが2もあるというのは、この世界の住人がおしなべて魔力を持っているということだろう。

マイヤーのステータス画面を思いだしてみたものの、あまり参考にならなかったので、自分のステータス画面を見ながら考えることにした。

「何か取れるスキルはあるかな、と」

ジョブ専用スキルはレベルが上がるたびに、獲得できるものが増えるようになっている。対して、ジョブ共通の基本スキルは最初からすべて取得可能だ。どちらも取得にはスキルポイントが必要になる。

今リキオーのスキルは【鑑定（C）】【翻訳（C）】、そして最初の日に取った【見切り（C）】がある。すでに持っているこれらのレベルを上昇させることもできるが、それをするには新規のスキル獲得の倍のポイントが必要なため今は無理だ。

ジョブ共通の基本スキルの場合は、取得するのに消費1ポイントで済む。

それに対して上位スキルである【自動MP回復】などの獲得ポイントは3で、スキルレベルの上昇に必要なポイントはそれ以降6、12、24、48、96となっている。

結局、リキオーはスキルポイントを消費して【鷹《たか》の目】と【警戒】をとった。

【鷹の目】は、目標物に目を凝らすと視界の一部分だけにズームがかかり、詳細な情報を得ることができる。偵察任務には持ってこいである。

【警戒】は目に見える、見えないにかかわらず、危険が迫ると音叉《おんさ》を鳴らすような効果音で知らせてくれる大変有用なスキルだ。

スキルの取得を終え、武器や装備を操作するためのウィンドウを触っていると、イリヤが顔を覗《のぞ》かせた。

「あ、リキオーさん、おはようございます。早起きなんですね。兄なんて私が起こすまで寝ているんですよ。ご飯できてますからどうぞ」

「イリヤ、おはよう。すぐ行くよ」

クスクスと笑う美少女の微笑みにドキドキしながら、ウィンドウを閉じて部屋を後にした。

ステータスウィンドウを他人に見えないように不可視モードにしたままでよかった、とリキオーは思った。見つかったら、何を言われるかわからない。

部屋を出て昨日と同じ席に着くと、木の椀と皿に盛りつけられた簡単な料理が出される。パンと山芋に似た植物で、味はともかく腹が膨れるのでリキオーも満足だ。元々、舌がお子様仕様で味音《おん》痴《ち》気味なので、極端にグロい物以外は何でもオッケーだが。

「今日はどうするんですか？」

出されたものをパクパクと平らげるリキオーに、イリヤはニッコリと嬉しそうに微笑みながら尋ねる。そんな様子をトールは挙動不審な眼差しで見つめている。

イリヤの問いかけに、リキオーは、実際どうしたもんかと首を捻《ひね》った。

正直この家は、イリヤやトールの気持ちのいい性格のお陰で居心地がいい。しかし、それに頼って長居するのも腰が引ける。冒険者ギルドか何かでクエストを消化して食っていくのが一番簡単なのだが、こんな辺境の村にあるだろうか。

そう考えてリキオーは尋ねてみた。

「この村に冒険者ギルドはあるのかな」

「ギルドはもっと大きい村に行かないとないぜ」

トールが楽しそうに目を輝かせながら答える。リキオーの食べっぷりが嬉しく、ついつい笑顔になってしまうようだ。

「兄さん、隊商のエイドラさんが来るのってそろそろよね。リキオーさんを紹介して連れて行ってもらうのはどうかしら」

「ああ、それはいいかもな。ワードッグを軽くあしらえる程度の腕があれば、護衛にはもってこいだ」

隊商とは地方の村々を巡回する商人だ。聞けば、イリヤの薬草採取もその隊商のエイドラという商人との取引で、貴重な現金収入になっているらしい。

「そろそろ来る頃合いだし、こんな小さな村ですから来たらすぐにわかりますよ」

「そうか。それじゃ、それまでブラブラさせてもらうよ。何か頼みたいことがあれば何でも言ってくれ」

リキオーはイリヤたちにニッコリと頷《うなず》いてみせた。

朝食を終えると、トールは斧を担いで製材所に出掛け、イリヤも村の奥にある畑へと向かってしまった。

残されたリキオーはすることもないので、文字通りブラブラと村の中を歩きまわった。

小さい村であるため、村人たちは家にカギをかけてないし、窓にもガラスなんて入っていない。あるのは木戸ぐらいだ。

虫はいるのだろうかと思ったが、この世界にはそもそも虫がいないことがわかった。

ファンタジー万歳である。それだけでリキオーはこの世界が一気に好きになった。ゴキブリに辟《へき》易《えき》としていた彼にとっては天国そのものだ。

虫がいない代わりに、植物の力はかなり強いらしい。

昨夜、イリヤとトールの家でトイレを借りたところ、驚いたことに臭いが全くしなかった。そのことを尋ねると、「森人《もりびと》様のお陰よ」と返され、全く理解不能だった。どうやら植物に関係するらしいのだが、このあたりはそのうち調べたほうがいいのかもしれない。

やることもないので、とりあえずレベル上げをすることにした。門衛のマイヤーに声をかけて、森に分け入ると、そこでワードッグを中心に狩りを行った。

ワードッグは、現在のリキオーとレベル差があるので、倒せば取得経験値にボーナスがつく。リキオーは、初心者レベルなのに装備品は高レベル者と同じものをつけている。それらを使いこなしているため、ワードッグ相手にもかなり楽だ。

初心に戻って刀の振り方を思いだすように居合の型、抜刀術の基本に沿って正宗を振りながら、魔物を倒していく。思いの外体に馴染んでいたのか、過去に使った技をなぞるように体が動いてくれた。

しばらくワードッグを倒していたが、少々物足りなくなってきたのでワーウルフにも手を出してみた。

それでも全く問題がなく、全て一刀のもとに斬り伏せていく。

そうしている内に経験値は蓄積されていき、リキオーはほとんど疲労を感じることもなくレベル上げを終えた。

『アルゲートオンライン』では、レベル20でそのジョブの成熟期に入り、レベル30になると完成と言われている。成長期であるレベル20までは、次のレベルまでの必要経験値の増加は1レベル毎に200程度と低いため、レベルが上がりやすい。

今回の狩りでレベル10まで簡単に上げることができた。

ステータスを確認すると、スキルポイントと、レベル10ごとに自動取得する侍専用のウェポンスキル【刀技《とうぎ》必殺之壱《いち》・疾風《はやて》（C）】を獲得していた。

さっそくスキルポイントを消費して【明鏡止水《めいきょうしすい》（C）】を手に入れる。

【明鏡止水】は精神が研ぎ澄まされる効果と、混乱無効の追加効果がある。戦闘時にあって余裕がないときでも積極的に使うべき、侍の基本スキルだ。

『アルゲートオンライン』をプレイしていたときも、鳥型のモンスターの一部や虎型のモンスターには、混乱のスキル持ちがいたから、このスキルに何度となく助けられた。混乱状態に陥ると武器が使えないばかりか、パーティにおいては味方を攻撃しはじめたりと、非常に危険なのである。

刀技は、侍のジョブ固有のウェポンスキル、いわゆる必殺技だ。必殺と言っても大きなダメージが出るだけで、一撃で相手を倒せはしない。

MPを消費して発動し、大技であるため必然的に隙ができる。そのため、もう少しレベルが上がってから入手するスキルである、分身を作り攻撃を回避する【心眼《しんがん》】を覚えてからでないと実用的ではない。

【刀技必殺之壱・疾風《はやて》】は、侍が初めて覚える刀技である。基本、対空攻撃だが対地でも使える。鞘走りから、刀を振り抜く。これがこの技の発動時の基本の形となり、左腰から発し、右上方へと刀を振り上げ、衝撃波を飛ばすのだ。

属性は風でMP消費も小さい。リーチもあるため、大技のあとの硬直時間を考慮しても、使う機会は多い。ただ、侍の全ての刀技は抜刀術のため一度鞘に納める必要がある。抜身のまま武器を発動できないのは侍だけだ。

ちなみに侍の刀技は全て二段構えとなる。まず刀によって直接ダメージを与え、ついで特殊効果で追加ダメージを与える。しかも刀技には全て、敵の防御力を落とす効果がある。

リキオーはレベル上げの成果に満足すると、村に戻った。

村は三十世帯程度で、村人の全員が顔見知りである。家屋は村長の家が少し大きい程度で他は同じくらい、木こりたちが通う製材所が一番大きな建物だ。

そんな辺境の村に娯楽なんてあるわけがない。それでも、村の子供たちはみな笑顔で楽しそうに走り回っていた。村の南側には周りを塀で囲われた畑が広がっている。リキオーがそこを通りがかると、彼に気づいたイリヤが手を振ってくれた。リキオーはそれに手を振り返して、いつのまにか彼の後をついて来る子供たちに苦笑しながら歩いていった。

「リキオーさん、子供たちに人気ですね」

夕食時に、イリヤにそんなふうにからかわれた。

パンと芋類の相変わらず質素な食事だが、イリヤのように可愛い女の子が作っているというだけで美味しく感じる。

「ああ、俺が珍しいんだろ。村に遊ぶところなんてないしな」

「リキオーさんの住んでいたところ……ジャポンでしたっけ？　そこはどんなところなんですか？」

イリヤに尋ねられて、現代日本の故郷のことを思いだす。日本の薄汚れた空と、この世界の澄んだ青空では雲泥の差がある。

「島国でさ、周りが海に囲われた小さい国さ」

イリヤは見たことのない国の話に、目をキラキラと輝かせて聞き入っていた。リキオーがやや卑屈託気味に言った語感には気づかずに。

イリヤが問いかける。

「ウミ？　ウミってなんですか」

「海はでっかい水たまりかなあ。そんで塩水なんだよ」

二人の会話にトールが夕食を口にしながら口を挟む。

「へえ、美人は多いか？」

イリヤがトールを怖い目でにらんだが、気にせずリキオーは答えた。

「どうかな。寒いところには多いみたいだぞ。俺の国は季節がいろいろあるんだ。春は花が綺麗だし、夏は暑いが美味いものも多いし、秋は木の葉が赤く色づいたり、冬は雪が降ったりするんだ」

「雪！　雪って冷たいんですよね。神域の奥にある山のてっぺんにはあるって、神父様が仰っていましたよ」

楽しそうに大きな声を上げるイリヤ。

きっと、狭い村だけに広い世界や他の世界のことを聞かされるとワクワクしてしまうのだろう。

リキオーも美少女が楽しそうに微笑んでいるだけで楽しくなってくる。

「楽しそうなところなんですね。いつか行ってみたいです」

「ああ、もし行くことがあったら俺が案内してやるよ」

「きっとですよ」

まあ、そんなことがあるとは思えないが――。リキオーはそう思い苦笑しながらも、会話を楽しんでいた。

翌日、イリヤの作ってくれた朝食を平らげて、リキオーが部屋でぼんやりしていると、通りから賑やかな声が聞こえてきた。

外へ出てみたら、ちょうど畑から戻ってきたイリヤと出会う。

「あ、リキオーさん、隊商が来たみたいですよ。私も集めていた薬草を持っていきますから、一緒に行きましょう」

現金化するために薬草を持っていくらしいイリヤと一緒に、村の広場に向かった。

そこには、三台の馬車が並んで停まっていた。大きな荷台には、細々《こまごま》としたものが載った上からネットがかけられ、荷台の真ん中では、護衛だろうか、背中に長剣を背負った若い男が寝転がっている。

先頭の馬車に目をやると、人集《ひとだか》りがあった。

人集りの中心には腰をかがめた好々爺《こうこうや》といった感じの身なりのよい老人がいて、村長と話していた。その老人にイリヤが話しかける。

「エイドラさん、こちらはリキオーさんです。とても強い剣士様です。よかったら一緒に連れてってもらえませんか」

イリヤの顔を認めたエイドラは、孫を見るような微笑みを浮かべた。

「おお、イリヤか。剣士とな、ほほ、たしかに強そうな面構えをしているの」

エイドラが、リキオーの顔をジロジロと見つめる。

「ええ、森でワードッグに襲われた私を一瞬で助けてくれたんですよ」

「ほう。それは素晴らしいの」

好々爺と思われた老人の細い目が一瞬見開かれた。

そして、リキオーを見据え、ウンウンと頷く。

「いいじゃろ。見ての通りウチは三両の隊商だ。先頭はウチの使い手が乗ってるから、真ん中の馬車を頼むぞ」

「わかりました。リキオーです。よろしくお願いします」

臨時の契約の代わりに、隊商のリーダーを務めるこの老人と握手する。

老齢にもかかわらず現役を張っているからだろうか。握る手が痛いぐらい力強い。

「リキオーさん、よかったですね」

「ありがとうイリヤ。君のお陰でいろいろ助かったよ」

イリヤはパアッと笑顔になって我がことのように喜んでいる。

リキオーは照れ笑いを浮かべて、イリヤとの別れを惜しんだ。

「近くに来たらまたウチに寄ってくださいね。いつでも歓迎しますから」

隊商が発車する頃には、トールもやってきてイリヤと手を振って見送ってくれた。

3　護衛クエスト

リキオーは、エイドラの指示通り、二番目の荷馬車へ向かった。そして御者台《ぎょしゃ》で手綱《たづな》を握る初老の男に軽く会釈をして馬車に乗り込んだ。

男がリキオーに声をかける。

「わしは御者のメイゼルじゃ。よろしく剣士さん」

「リキオーです。よろしくお願いします」

リキオーが深々と頭を下げると、メイゼルは驚いた顔をする。

「ほう、めずらしいね」

「なんです？」

「冒険者って奴らは、たいてい私のような御者になんかにゃあ頭は下げないもんさ」

リキオーはクスッと笑い、淡々と答える。

「世話になる相手に頭を下げるのは当然ですよ」

「ありがとうよ。あんたがいてくれると、話し相手に事欠かなそうだ」

「俺、実は流されてきたんでこの辺がどこかわからないんですよ。よかったら、道中お話ししながら教えてもらえませんか」

リキオーがざっくばらんに自らの来《き》し方《かた》を伝えると、メイゼルが興味深そうに身を乗りだしてくる。

「そりゃ難儀だったねえ。まあ知ってることなら教えてやるよ。こっちも剣士さんに護《まも》ってもらうんだし。退屈しのぎにはなるからね」

そう言いながら、メイゼルは馬車を走らせはじめた。

そして、エイドラの隊商のこと、これから向かう目的地のことなどを、リキオーに話した。

彼の話によれば、エイドラの隊商は、都市と都市の間にある村を通り、薬草や生活器具を販売したりしているようだ。目的地はユシュトという名前のかなり大きな村で、そこには支部があるらしい。ちなみに、ギルドの本部は北のリンドバル皇国にあり、その国は絶対王政が敷かれているということだった。

「ふむふむ。王様とかいるんですね。俺でも会ってもらえますかね」

「会ってどうするんじゃ」

「いや、なんとなく」

荷馬車が進む道は所々にぬかるみが残り、また深い水たまりの跡や轍《わだち》の跡も見受けられ、整備されていないようであった。

メイゼルは器用に馬車を引く馬に指示を与えては、車輪の嵌《は》まりそうな場所を避けていた。それを世間話をしながらするのだから大した腕だ。

メイゼルが会話を続ける。

「面白い男じゃな。まあ有名な冒険者ともなれば王様のほうから声をかけてくるじゃろ」

「どのくらい有名になればいいんでしょうか」

「まあ最低で冒険者ランクA級じゃろうな」

そんな会話をしている最中、先頭の馬車が砂埃を立てて急停止した。

何事かと思い、リキオーは前方を見ようと首を伸ばす。

砂塵が舞い、状況はよくわからないが、何やら悪い予感が伝わってくる。

「野盗だ！」

先頭の荷馬車から護衛が叫ぶ声が聞こえた。

その声を合図にしたように野盗たちが姿を現す。

護衛の弓使いリムラが野盗に狙いをつけ、同じく護衛の剣士フラムが長剣を構えて野盗たちに突っ込んでいく。その後ろでは、賢者ヘイズが闇魔法でフラムを援護している。

「統制が取れていますね。それぞれが役割を心得ていて動きに無駄がない」

リキオーはこの世界に来て初めて見るパーティでの対人戦闘に興味津々である。

そんなリキオーの様子を見てメイゼルは急かす。

「何を呑気《のんき》なことを言っとるんじゃ、お主も剣士じゃろ。仕事せんか」

「いや、俺はパーティ戦闘は初めてなんで、勉強させてもらってるんですよ」

と、茶化すリキオー。

しかし何かを察知したのか、「出番みたいですね」と、呟くやいなや、御者台から飛び降り、なぜかフラムたちとは逆の方向に走っていった。

「なんじゃ逃げてしもうたわ。ダメ剣士様じゃのう」

メイゼルが呆れたように呟く。

逃げたと思われたリキオーだが、実はスキル【鷹の目】を使い、前方で戦う野盗たちとは別の集団が、後方の馬車に近づいて来ているのを見つけて行動を開始したのだ。

「ひゃっ、ひゃあッ、お、お助け……」

最後尾の馬車では、御者が悲鳴を上げている。

リキオーは、御者に向かって声をかけた。

「今、行きます。隠れていてください」

その言葉と同時に正宗を鞘から抜く。そして御者に掴みかかろうとしていた野盗を通りしなに切り上げた。

「ぐふっ」

脇腹から胸にかけてを切り裂かれる野盗。

リキオーは倒した相手を一瞥《いちべつ》すると、さらに後ろから近づいてくる野盗三人の前に立った。

(人を殺したのに何も感じない。スキルのせいか？　いや、今は生き残ることを優先しなきゃ)

対人戦闘はこの世界に来てから初めてだが、『アルゲートオンライン』でもプレイヤー同士での戦闘を経験していたおかげか躊躇《ためら》いはなかった。

リキオーが最後尾の馬車の後ろに回りこむと、野盗たちが二手に分かれて近づいて来た。彼らは、ニヤニヤと下卑《げび》た笑いを浮かべている。

「兄さん、後ろの馬車が狙われたのによく気づいたな。だが、気づいたところで多勢《たぜい》に無勢《ぶぜい》だ。逃げてもいいんだぜ」

野盗たちの装備は、短いベストを羽織った程度の軽装だ。下にいたっては褌《ふんどし》と、ブーツぐらいで装備はないに等しい。腹を露出しているあたり、防御は考えていないのであろう。

個々の防御は弱そうだが、人数は脅威だ。

リキオーは、まず武者震いを抑えるために、スキル【明鏡止水】を発動することにした。

眉間に意識を集中させてスキル発動を念じる。

(スキル発動【明鏡止水】！)

自分だけに聞こえるスキル発動時の効果音。鈴が鳴るような音に精神が研ぎ澄まされていく。

こうして集中力を高めると、懐《ふところ》に入れていた手をだらりと垂らし、アンダースローのモーションに身を任せ、隊商の荷物から拝借しておいた金属製の串を投げつけた。

彼の手から離れた二本の串はヒュッと笛のような音を立て、それぞれ二人の男の腹部に吸い込まれるように突き刺さる。

グワッと低い叫び声を上げる二人の野盗。

あっという間に二人の手下を屠《ほふ》られた様子を見て、残る野盗のボスらしき男は上ずった声を上げた。

「なッ、てめぇ！　な、何をしたぁッ」

リキオーは涼しげに言葉を返す。

「そんな無防備な格好で、ボヤッと立ってるのが悪いんだよ」

そう言うと、リキオーは眉間に皺《しわ》を寄せ【鑑定】のスキルを発動させた。

野盗のステータスが表示される。

今レベル10であるリキオーとステータスに大差はない。ややこちらに分がありそうといったところか。また、何もスキルを持っていないのも有利だと言える。

ステータス -STATUS-

名前　：ヒスライ（32）
クラス：野盗
レベル：15

LP 41　MP 0

力　：28	耐久：27
器用：17	敏捷：19
知力：0	精神：0
運　：19	

野盗は距離を取ると危ないと踏んだのか、腰だめに短刀を構え突進してくる。

それを攻撃ラインを読むようにして避けるリキオー。

しかし、戦闘経験に勝る野盗の連続攻撃に翻弄される。

「ぐっ」

リキオーはかわすだけで精一杯だ。

「こっちが押してるぜ？　そろそろ終わりかな、兄さん」

「……それはどうかな」

これ以上、野盗と刀を合わせていては、経験が少ない自分の分が悪いと踏んで、リキオーは決意を固めた。刀技は振りが大きく、また使用後の硬直時間もあるため、集団の対人戦闘では使いにくいが、一対一なら問題にはならないはずだ。一撃で仕留めてしまえばいいのだから。

（この一撃で倒す！）

そう心に決めると、リキオーは、納刀《のうとう》し、俯《うつむ》き加減に構えた。

（スキル発動、【刀技必殺之壱・疾風《はやて》】！）

「ハッ、馬鹿が！　諦めたか」

野盗は、リキオーが刀を鞘に戻したのを見て、諦めたと勘違いをした。

そして、とどめを刺そうと斬りかかる。

野盗がリキオーに短刀をつきつけようとした瞬間、リキオーの鞘から光があふれ、彼の姿を包み込んだ。

「な、何をっ!」

野盗には、鞘からあふれた光がブレて見えている。

直後、突如としてズバッと大きな衝撃が体を突き抜ける。

自分の腕が音を立ててスローモーションでちぎれ飛んでいくのを目にする野盗。

何が起こったのか理解できず「えっ」とマヌケな顔を浮かべつつ、鮮血が噴き出すのを遠くの出来事のように感じながら意識を失って倒れていった。

リキオーは刀技発動後の硬直時間のため、しばらく動けずにいたが、やがて解放されると、ヒュッと左右に刀を振り鞘に納めた。

そして、初の対人戦を制した高揚感に、しばし立ち尽くしていた。

「大丈夫か！」

前方の野盗を片づけた護衛パーティたちが駆け寄ってきた。

どうやらリキオーの戦いっぷりを見ていたようだ。

「ひゅうッ、あんたやるねえ」

弓使いのリムラが軽薄に笑いかけ、リキオーの肩をパンパンと叩く。そして馴れ馴れしく彼の肩を抱きよせ、こっそり耳打ちする。

「一人で四人を相手にするとは思わなかったよ。最後のアレ、何？」

「な、内緒ですよ」

ぶっきらぼうに答えたが、リキオーは内心それどころではなかった。未だ戦いの興奮を抑えられないでいたのだ。

「フフッ、そんなこと言われると気になっちゃうなあ」

さらに絡んでくる弓使いに、長剣使いのフラムがたった一言。

「おい」

「あーあ。わかってるよ、冒険者の掟《おきて》とか何とかってことでしょ。でも、彼まだギルドに登録してなさそうだから、冒険者の掟は関係ないんじゃ……。わ、わかったよ、ふう」

そう言うと、弓使いはリキオーに絡むのをやめ、手をヒラヒラと振りながら離れていった。

次いで、賢者のヘイズがリキオーに声をかける。

「君、よくやったな。治療してあげよう。肩の力を抜いてリラックスして」

彼の両手に柔らかい光が灯る。燐光《りんこう》がリキオーの体に移ると、傷が癒やされていく。

「ありがとう」

「どういたしまして。これが俺の仕事だからな」

賢者は何でもないというふうに首を振り、パーティに戻っていった。

ようやくリキオーも落ち着きを取り戻してきた。

そこで、冒険者の役目であり権利である、倒した相手の検分をはじめることにした。

野盗たちの懐を漁り、武器やアクセサリーを回収するのである。

リキオーが検分しようとすると、リキオーの飛ばした野盗の腕の切り口を見たフラムが話しかけてきた。

「一刀のもとに始末している。切り口は見事だ」

「ふえぇ。フラムが褒めるの、珍しいね」

弓使いがフラムの後ろで頷いている。

彼らが立ち去ってから、リキオーは野盗の懐を漁った。しかし、大した成果は上がらなかった。いくつかのアクセサリーと防具の一部が回収できただけだ。野盗たちはほとんど裸同然だったのだ。

しばらくして、エイドラが近寄ってきた。

そして、リキオーのすぐ目の前に立ち、笑顔を見せる。

「リキオーとやら、どこからどこまで見えとった」

「えーと……何のことだか」

リキオーはすっとぼける。

エイドラはなおも破顔したまま、リキオーの肩をポンポンと叩く。そして御者に声をかけて隊商を再編成しはじめた。

御者台に戻ってきたリキオーを、目をパチパチさせてメイゼルが迎える。

「何じゃ、お主逃げたんじゃないのか」

「一応、仕事は果たしましたよ」

事情はわからないが、彼の堂々とした態度に、肝が据わっとると感心するメイゼルであった。

4 冒険者ギルド

このあたりの治安が悪いのか、その後、三度も野盗に襲われた。

先の野盗襲撃時の対処により、エイドラから認められたリキオーは、馬車後方の護衛を一人で任されることになったが、三度の襲撃も危なげなく切り抜けた。

戦闘のたびに順調にレベルが上昇し、リキオーのレベルは17になっていた。

そうこうするうちに、ついに目的地であるユシュト村に到着した。

村の入口の広場で隊商が馬車を停めると、村の肉体労働者が駆けつけ、馬車の荷の入れ替えをはじめる。

「ほれ、若造。ここがユシュトだぞい」

「ありがとうございました」

リキオーは御者台から飛び降り、メイゼルに頭を下げた。

「なあに、道中、暇つぶしにはなったぞい」

ホッホッと頬を緩ませて笑うメイゼル。

リキオーはメイゼルに別れを告げると、先頭の馬車の荷下ろしを厳しい目で監視しているエイドラの元へ向かった。

エイドラはリキオーに声をかけられ、表情を緩ませた。

「お主、これからどうするんじゃ。とりあえずこの村には、お前さんが行きたがっていたギルドもあるがな」

エイドラは、ギルドらしき建物を顔でクイッと指し示す。

そして、懐からジャラジャラと音のする袋を取りだしリキオーに手渡した。

「さて、これは今回の護衛の報酬じゃ」

エイドラから初めてのサラリーを受け取り、リキオーはその重さにちょっと感動した。

中身を確認すると、銀貨一枚と銅貨が五十枚入っていた。

エイドラにお礼を言い、その場を離れようとしたリキオーに、背後から声がかかる。

「よう、いくらもらったんだい……へえ、旦那、少しは色つけてくれたみたいだねえ」

弓使いがリキオーの手元を覗きこみ、続けて意味ありげな視線をエイドラに向けるが、エイドラは追い払うようにシッシッと手を振った。

さらに賢者がリキオーに声をかける。

「リキオー、ギルドに行くのだろう？　私たちもギルドも行くところだ。一緒にどうだい」

「ああ、ありがとう」

リキオーは護衛パーティについて行き、西部劇に出てくる酒場のような作りの建物に入った。

ガヤガヤとした喧騒が、リキオーたちを取り囲む。

(随分と野性味の強い雰囲気だなあ。ここで舐められたら終わりのような気がする)

内心、冷や汗を掻きながら、酒場の真ん中を突っ切るリキオー。

カウンターでは、受付嬢らしき可愛い女性が書き物をしていた。

彼女が身につけているのは、制服のような革製のベストだが、その下は肩紐のない所謂《いわゆる》チューブトップというやつで露出が激しい。白い布地にくっきりと形のいいバストが張りついており、堪《たま》らない眺めである。さらに鎖骨のあたりとおへそが丸見えになっている。かなり大胆な格好だ。

彼女が顔を上げ、ハキハキとした口調で声をかけてきた。

「いらっしゃいませ。冒険者互助組織、ギルド・ユシュト支部にようこそ。本日はどういったご用件でしょうか」

長剣使いのフラムが返答する。

「依頼完了の報告だ。終えたのは隊商エイドラの護衛任務。これが報告書だ」

エイドラのサインの入った巻物を手渡す。

「はい、たしかに。ギルドのご利用ありがとうございます。報酬の支払いはいかがなさいますか」

「ギルド証振り込みで頼む」

受付嬢はテキパキと報酬支払いの手続きを済ませる。そして、リキオーの姿を認めると首を傾げた。

「フラムさん。そちらの方はパーティの新人さんですか」

「いや、こいつは一緒にくっついてきただけだ。登録したいらしいぞ」

そう言ってリキオーを受付嬢に紹介すると、フラムはパーティを引き連れて去っていく。弓使いが最後にヒラヒラと手をかざし「またね〜」とリキオーに声をかけていった。

リキオーは、彼らへの別れの挨拶もそこそこに、受付嬢に自己紹介をする。

「俺の名前はリキオーだ。冒険者ギルドへの登録をしたい」

「ありがとうございます。登録は簡単ですよ。こちらに書けるところだけでいいですから記入してくださいね。登録料は銀貨三枚になります」

そう言って、受付嬢は、ギルドへの入会証手続きの木札を差しだした。その拍子に受付嬢が少し前かがみになったため、形よく膨らんだバストの深い谷間が見えてしまう。

リキオーは、思わずゴクッと生唾を呑み込んだ。

インベントリから銀貨三枚を取りだして、カウンターに積むと、受付嬢から手渡された木札に、必要事項を記入していった。

書き込んだ文字は英語みたいな字体である。どうやら【翻訳】スキルの恩恵で、この世界の言葉を自由に読み書きできるようになっているらしい。それがちょっと面白かった。

どうやら無事冒険者ギルドへの登録は完了したようである。

しかし、リキオーが休む間もなく、受付嬢があわただしく言葉を継ぐ。

「ギルドの説明は必要ですか？」

「はい、お願いします」

受付嬢は、リキオーから受け取った木札をチェックして、バン、バンと大きめのハンコを押すと、カウンターの裏から取りだしたボードをもとに説明をはじめた。

「ギルドに登録した冒険者さんは、最初は皆Fクラスからはじまります。Cクラスまでは実力があればすぐですよ。お仕事をこなしていくうちに自然に冒険者のギルドランクは上がっていきます。ギルドで一番多いのはDクラスで、そこまで来れば並の冒険者として扱われます。さらにCクラスになれば一流と認められ、依頼がたくさん舞い込みますね。Bからはギルドの専任スタッフによる試験が行われます」

頷きながらリキオーが質問する。

「さっきのパーティの人たちが、報酬を振り込みにしてって言ってましたけどアレは？」

「この説明が終わったらギルドの登録証として、お名前が刻印されたプレートをお渡しします。それに振り込みができるんです。ペンダントみたいに下げるか腕輪に嵌《は》めこむかが選べますが、どちらがお好みですか」

「えっと、腕輪がいいかな」

現代日本にいた頃から、ペンダントをつける習慣はない。それにペンダントだと失《な》くしてしまいそうだ。

「はい、わかりました。それで、そのプレートに冒険者さんの登録情報のほか、先ほど言ったように報酬を記録することもできるんです。ギルドがお薦めしている武器店やアイテムショップなどではプレートによる支払いもできます。現金を扱わないので便利ですよ」

リキオーはふとした疑問をぶつけてみた。

「プレートの偽造とかは起きないんですか」

この技術、現代日本の電子マネーに似てかなり便利なものだ。もし偽造ができてしまったら、大きな問題になりそうな気がする。

「プレートの内容を秘匿《ひとく》する特別な魔法がかかっていますから大丈夫ですよ。それからプレートは本人しか使用できません。落とした場合でも他人が悪用することはできないんです。紛失の再発行には、再び銀貨三枚必要になりますので、失くさないでくださいね」

受付嬢の説明をひと通り聞き終えると、それほど待たずして、カウンターの奥から精悍《せいかん》な髭面のオヤジがプレートの嵌《は》まった腕輪を持って歩いてきた。

「ほれ、できたぞ、小僧」

オヤジが腕輪をポイッと投げて寄越した。

リキオーはそれを上手くキャッチして腕に通す。

落ち着いた銅色がしっくりくる、なかなかお洒落《しゃれ》なデザインだ。

はっと気づいたように、受付嬢が隣に立った不良中年風の男を紹介する。

「ああ、紹介が遅れましたね！　こちらが当ギルドのオーナー、バルドです」

「よろしくな、新入りの小僧」

腹に一物ありといった怪しげな雰囲気が漂う、胡散臭《うさんくさ》いことこの上ないオヤジである。あまり近寄りたくないタイプかもしれない。

「はあ。リキオーです」

こういう手合とは距離を置いたほうがいい、そうリキオーの直感が囁《ささや》いていた。しかし、そうもいかないようだ。

バルドはジロジロと珍しいものでも見るようにリキオーに迫ってきた。

「なに、そう身構えるな。フラムの護衛クエスト完了の報告書を見てな。お前、野盗の半分は一人で倒したそうじゃないか」

カウンターに隣接したカフェで聞き耳を立てていた同業者たちに、ザワッと緊張が走る。

「そ、それは有望新人ですね、オーナー」

受付嬢が興奮した面持ちで、リキオーとオーナーとの間で視線を行ったり来たりさせている。

しかし、リキオーは急に不機嫌な顔を見せた。

「大げさですよ」

リキオーにとっては迷惑な話なのだ。ざわついた周りを見るともなしに振り返りながら、ギルドオーナーを軽くにらみつける。

「フフ、謙虚なことだ。まあ活躍に期待しているよ」

オーナーはニヤリと笑うとカウンターの奥へ引っ込んだ。

受付嬢は、リキオーが一瞬見せた凄味のある表情にあわてたが、落ち着きを取り戻してリキオーに話しかける。

「リキオーさん、依頼、何か受けていきます？」

「いえ、まだこの村に来たばかりで、宿屋も決めていないし態勢も整えていませんしね。また今度にします。そうだ、プレートへの振り込みはできますか」

「はい、できますよ。いかほどで？」

「とりあえず、これを」

リキオーはエイドラからもらった護衛の報酬を、外した腕輪とともに受付嬢に手渡した。

受付嬢は袋の中の銅貨の枚数をたしかめると、メモをして一度奥に引っ込み、すぐに台座のついた水晶を抱えて戻ってくる。

「振り込みましたのでおたしかめください。この水晶に、プレートを当てて自分の欲しい情報を念じれば浮かび上がりますよ」

腕輪をプレートにかざして「貯蓄額」とぼんやり念じると、水晶から光が浮き上がり宙空に銅貨五十枚と表示された。

「おお」

感動するリキオー。

「ちょっとカッコいいですね、欲しくなりました」

「この水晶は特注品なので、協力してるお店にしか配っていません。お高いですよ」

悪戯っぽく笑う受付嬢。リキオーは苦笑して腕輪を嵌《は》める。

「残念。そうだ、魔法についての本とかってありませんか」

「魔法ですか？　リキオーさんは戦士ですよね。魔法も使えるんですか？」

魔法使いには見えないリキオーの口から「魔法」と聞いて、受付嬢は不思議に思ったらしい。リキオーは受付嬢の戸惑いを察して言葉を継ぐ。

「いえ、専門的な魔法じゃなくて、小さな火を起こすとか、水を出すといった簡単な魔法の知識があればと思ったんですが……」

受付嬢は、納得したような表情を見せる。

「それなら生活魔法ですね！　この建物を出て中央の通りをずっと行った先に教会があります。そこでお尋ねになれば見せていただけますよ。あとは何かありますか」

その後、受付嬢から、宿屋、武器屋、鍛冶屋、アイテムショップの場所を教えてもらい、リキオーはギルドを後にした。

とりあえず一息つける場所に移動したい。

まずは宿屋を目指す。

ちょうど向かい側の二階建ての建物が宿屋だった。

ギルドの建物と似たような作りで一階が食堂になっている。

扉を開けて中に入ると、ガタイのいい髭面のオヤジが出迎えた。

「いらっしゃい。お客さんかな」

一階の食堂は、隅で飲んでいる男が一人いるだけで閑散《かんさん》としていたが、天井近くにつけられた採光用の窓から光が差し込んでおり、雰囲気は明るい。

店主らしきそのオヤジにリキオーは返答する。

「はい、泊まりでお願いします」

「宿代は先払いで頼むよ。食事つきで一日銅貨十枚だ。食事抜きなら七枚だ」

「とりあえず五日分でお願いします。プレートで払えますか」

「あいよ、ここに頼む」

カウンターに置かれた水晶に腕輪をかざすと、支払いは一瞬で済んだ。

便利なものである。

本当に支払いができたのか不安になったので、水晶に「残額」と念じてたしかめてみたが、ちゃんと宿代が引かれた金額が表示された。

「毎度あり。部屋は上の三番目だ。ドアに番号が書いてある。カギはこれだ。魔法がかかってるからこのカギ以外じゃ開かない。失《な》くさないでくれよ。失くしたときは銀貨五枚で弁償してもらうからな」

宿の主人からの説明を聞き、リキオーは渡してもらった粗末なカギを手のひらでたしかめてポケットにしまい込んだ。

「わかりました。リキオーです。よろしくお願いします」

「ああ、俺はここのオーナーのムウサだ。まあ、オヤジでいいぜ。食事はどうする？　食うならすぐ用意できるが。ああ、いつでも食べたいときに言ってくれれば用意するぞ」

「とりあえず落ち着きたいので、今はいいです」

「そうかい。じゃ、お疲れさん」

そう言うと、オーナーはニヤリと男臭い笑顔をリキオーに向ける。その笑顔にリキオーはげんなりしたが、気分を変えて階段を上がり、扉に書かれた三番目の数字を確認し部屋をカギで開けて中に入った。そしてすぐに木窓を開け放ち、硬いベッドに座ってフウッとため息を吐く。

部屋は、四畳半がいいところで、ベッドと作りつけの棚があるばかり。あとは木窓だけだ。

部屋でしばらく落ち着くと、ふと自分の懐具合が心配になってきた。

隊商のエイドラにもらった護衛の報酬は、宿代とギルドの登録料で消えてしまった。しかしインベントリには手つかずの金貨もあるし、すぐには食うのにも困らないだろう。

とはいえ、金貨を使うのは余程のこと以外ではやめよう。そう考えて、ギルドの仕事をこなして生活費を稼ぐことを当面の目標とした。

腰に差した正宗を持ち上げ、目の前で少し鞘から抜いて刀身を見つめる。

そうして考えを巡らせる。

(まずは、生活魔法について調べるか)

侍のＭＰは刀技のためにあるが、戦闘の補助として生活魔法を使えれば、もっと上手く立ち回れるかもしれない。

「でも、今日はいいや。ちょっと疲れた」

護衛任務に、ギルドの登録、そして宿探しと、今日一日でいろいろあったため、思いの外、疲れていた。

刀身を鞘に納め、ベッドサイドに置く。

そして、ゴロリと横になり、しばらくして目を閉じると、自然と眠りについていた。

5　生活魔法

翌朝、木窓から差し込む日の光で目を覚ましたリキオーは、鎧のまま寝てしまったことに気づいた。

「ああ、装備をつけたまま寝ちゃったのか。そういえば装備画面のアバターに、『モードチェンジ』の機能があったっけ」

さっそく、ステータス画面からアバターの装備画面を開く。

鎧を身につけた現在の装備モードを登録し、ついでそれを外したスタイルも登録する。これで、一発で装備の着脱が済ませられるようになった。

改めて、装備を外した学生服だけの格好にモードチェンジして、階下に下りていった。

ムウサがリキオーに声をかけてくる。

「よう、リキオー、食事はどうする？」

「お腹が減っているのでお願いします」

「ああ、すぐできるから適当なとこに座っててくれ」

リキオーはカウンター席に座り、奥の厨房でムウサが鍋を火にかけるのをぼんやりと眺めていた。

ムウサが鍋に視線を落としたまま話しかける。

「リキオー、お前さん、強いのか？」

「さて、どうですかね。まだ冒険者をはじめたばかりですしね」

リキオーの気取らない受け答えがツボに入ったようで、ムウサは笑い声をあげた。

「くっくっ、ギルドでオーナーのバルドと話したらしいじゃないか。やっこさん、ただの新人風情にゃ声もかけない偏屈《へんくつ》で通ってるんだぜ。きっとお前さんの才能を感じとったんだな」

「買い被られても困りますよ」

「おう。それぐらいの気構えが丁度いいな。できたぜ」

そう言いながら、ムウサはスープの入った深皿と、パンを載せたトレイをリキオーの元に運んでくる。

湯気の立つスープには、肉と何かの野菜がゴロゴロと入っており、食欲をそそる匂いが漂う。パンは黒い麦パンでほどよい硬さだ。リキオーはそれをスープにつけてから口に入れた。

「このスープ、いい出汁《だし》が出てますね。それにこのパンも美味《うま》い！」

「だろう。まあ男の料理で悪いがな」

ムウサは謙遜しているが、スープもパンもかなり美味い。肉も柔らかく、腹に溜まるたっぷりとした量で申し分ない。ゴロリと入っている実はトマトのような不思議な食感だ。リキオーは出された料理を一気に平らげてしまった。

「ごちそうさまでした」

「おう。いい食べっぷりだな、気に入ったぜ」

リキオーが食後の茶を飲み干したころには、お日様はすでに高く上がっていた。

「それじゃマスター、出掛けてきます」

「おう、いってらっしゃい」

リキオーはマスターにルームキーを預け、宿屋を後にした。

生活魔法のことを知るために、教えられていた教会に向かうのだ。

ユシュトの村のメインストリートを歩く。通りにはさまざまな屋台が出ており、まだ昼前だというのに酒盛りをしている光景も見える。

串焼きの肉を売る屋台からは、肉と香辛料の美味そうな匂いが漂ってくる。通りに面した路上に露店がいくつも並び、小物やアクセサリーの類《たぐい》が並んでいるのが見える。

雑多な通りを抜けて勾配《こうばい》のゆるい坂道を上がっていくと、通りの果てに目当ての教会はあった。

鋭角の屋根と鐘つき堂がセットになっている建物だ。

リキオーが教会の観音開きのドアを開けて中に入ると、初老の老人が出迎えた。知性を感じさせる目をしており、その落ち着いた雰囲気は隊商の護衛パーティにいた賢者ヘイズを思わせた。荘厳な雰囲気のケープをまとい、足元には草で編んだようなサンダルを履いている。

「こんにちは、冒険者の方ですね。私は当教会で神父をしておりますサイカと申します。教会にどういったご用件でしょう」

リキオーは改まってお辞儀をした。そして来訪の目的を伝える。

「私はリキオーといいます。戦士をしています。こちらで魔法について教えていただけるというお話を伺って来たのですが」

「ほう、魔法についてですか。たしかにこちらでは魔法を教えておりますが、冒険者さんに役立つものかどうか……。ここで主に教えているのは生活魔法。そうですね、かまどに火を起こしたり、穴を掘ったりする、どちらかといえば地味な魔法になりますが……」

サイカが申し訳なさそうに言うと、リキオーは首を振って返答する。

「いえいえ、それでいいんです。私は戦士ですので強い魔法は必要ありません。ギルドに登録しましたので、キャンプしたりすることもあるかと思います。そういうときに生活魔法を身につけておくことは無駄にならないと考えたんですよ」

サイカは、リキオーの話に頷き、感心しているようであった。

「若いのにしっかりとした考えをお持ちのようだ。いいでしょう。それではこちらにどうぞ。奥に部屋がございますので」

サイカに連れられ、リキオーは礼拝堂の奥の個室へとやって来た。

四隅を壁面に囲まれ、修業部屋といった雰囲気の空間である。

サイカがリキオーに向かって尋ねる。

「それでは、魔法をお教えしたいと思います。時にリキオーさんは魔法について何かご存知でしょうか」

リキオーは少し考えて、ゲーム『アルゲートオンライン』で身につけた魔法に関する知識を披露した。

「私の知っている魔法は、精霊魔法、理論魔法、理力魔法の三つです。精霊魔法は精霊術士が使うもので、精霊に祈りを捧げその力を顕現《けんげん》します。理論魔法は法術士が使うもので、世界に漂う魔力を制御する術を用いて行使するものです。理力魔法は創世神の理《ことわり》を念じて形にするもので賢者が使えます」

すらすらと述べるリキオーに、サイカも落ち着き払って返答する。

「その通りでございます。精霊魔法はエルフにしか使えませんし、理論魔法は法術士のものなのでここでは割愛させていただきます。当教会でも扱っている理力魔法はこの世界の創造神ユーゼル様の理を人の身に落として実現するもので、賢者と呼ばれる神の信徒のみが使える術です」

そこで一旦、サイカは言葉を切り、再び口を開いた。

「しかしながら、今からお教えする生活魔法は、これらの魔法とは別のものです。人は皆魔力を持っております。その時々に必要な、ほんの些細な理想を実現するために、魔力の行使をする。それが生活魔法になります」

ちなみに、教会は賢者のための組織で、魔術ギルドは法術士のための組織である。どちらでも魔法を学ぶことができるが、教会のほうが敷居が低く、誰にでも門戸を開いている。なお、無料で生活魔法を教えてくれるのは教会だけである。

いよいよ生活魔法の実践訓練という段になり、サイカが訓練の説明をする。

「生活魔法に必要なのは、想像を具体化する力です。こちらではお手本として私が術を見せ、それを元に使い方を学んでいただく形をとっております」

「私にもできるでしょうか」

少し弱気になっているリキオーの目の前で、サイカはサラッと手を差しだす。

「とりあえず、やってみましょうか。火よ」

そう言うと、サイカの手のひらの上に火が現れた。

「おお！　これが魔法ですか」

リキオーは驚きのあまり、思わず叫んでしまった。

「どうでしょう？　わかりましたかな」

仕組みを完全に理解したわけではなかったが、とりあえず挑戦してみることにした。

「想像力……むむっ、火よ」

リキオーはとりあえずサイカのした通りに手を出して火をイメージする。すると、体の中から何かが流れていくような感覚がして、手のひらの上にポッと火が灯った。

しかし、現れた火にびびってしまい、すぐにパタパタと手を振って消してしまう。思わず、フーッフーッと手を吹きながらたしかめたが、火傷をしているわけでもないし、熱くもなかった。

「ふふ、リキオーさんは、だいぶ筋がよろしいようです。普通の方は、そう簡単にできるようなものでもないのですよ」

「はあ。意外に火を見る機会はありましたからね。そういうものを想像したのがよかったのかもしれませんね」

「なるほど。今の感覚を忘れないで練習を重ねるのがよろしいでしょう。リキオーさんなら、お一人でも練習して、しっかりと身につけることもできますでしょう。さて、あとは水と土ですね。その扉から中庭に出られますので、ついて来てください」

リキオーはサイカの後を追って、礼拝堂の中庭に出た。

整備された花壇があり、可憐な花が咲いていて和まされる雰囲気だ。

「まず、水ですが、これも火と変わりません。私が出した後に、同じようにやってみてください」

「はい、よろしくお願いします」

「水よ」

サイカが手を差しだすと、宙空に小さな水滴が生まれた。

それはやがて拳《こぶし》ほどの大きさになり、形が崩れてサイカの手を濡らして指の間から地面に流れ落ちていった。

サイカに視線で促され、リキオーも同じようにやってみる。

「水よ……な？　わぷッ！」

呟いた途端、指の間から弾けるように水が噴きだし、リキオーの顔に跳ね返ってきた。

頭の中で蛇口から水道の水が出るイメージをしたのがいけなかったのかもしれない。

「ふむ、リキオーさんは魔力が強いようですね。何にしろ、成功はしていますから、あとは精進するしかありません」

サイカはリキオーの間抜けな水魔法の発動を目にしても、包容力を感じさせる微笑みで見守っていた。

リキオーは顔を赤らめて恥ずかしがったが、サイカは莞爾《かんじ》とした微笑みを湛《たた》えているだけなので、恥ずかしさはすぐに収まった。

「最後に土魔法ですね。これは火や水と違い、無から有を生みだすのではなく、すでに地面にある土を掘り起こしたり、移動させたりするのに使われます。簡単そうに思われるかもしれませんが、強力な土魔法の操作を行える者は、それだけで大きな報酬を得られるほどです」

「ふむふむ」

「私はそれほど強い力を持っているわけではありませんので、ここでは基礎だけをお教えします。まず、地面に穴を穿《うが》ちましょう。土よ」

サイカは手で示した先に念を込める。

すると目の前の地面がサクッと陥没して、子供の落とし穴程度の窪《くぼ》みが作られた。

「戻れ」

サイカの命令に土が従うように、今空けた穴が再び平らになった。

「どうでしょうか。こんな程度の土魔法で何かのお役に立てるとは思えないのですが、冒険者様なら何か新しい考えが浮かぶかもしれませんね」

サイカは基礎の土魔法に意味を見出してはいないみたいだが、現代の工事を知っているリキオーにとっては、かなり価値のある魔法に思えた。

リキオーはサイカがしたように土魔法で穴を穿ち戻してみた。サイカほどはっきりと穴を穿てたわけではなかったが、何となく感覚は掴めた気がする。

「ふふ、リキオーさんは、戦士のわりに魔法がだいぶお上手なようだ。もうこれで教えるものはないでしょう。魔力を使い過ぎると気を失いますので、練習のしすぎにも注意が必要ですよ。まあ、町には魔物除けの魔法陣があり、常にMP回復しているようなものですから、心配はなさそうですが」

「わかりました。お忙しいところ、わざわざありがとうございました」

リキオーにとっては、意外に簡単な講義で使えるようになるものなんだな、という印象であった。まあ一般人が使うものだし、それほど難度が高いものでもないのだろう。

ステータスで確認してみたところ、それぞれの生活魔法で消費したMPはたったの1。それもすぐに回復してしまった。

教会を後にしたリキオーは、ギルドに向う。

彼は、生活魔法で何ができるのか試したくてうずうずしていたが、村の中で、魔法を使っているところを見られて悪目立ちするのもまずい。どうせ外に出るのであれば、クエストをこなしてしまおうと考えたのだ。

ところが、ギルドに向かう途中、村人たちのジロジロと彼を見つめてくる視線を感じて、いたたまれなくなってきた。周りを歩く人の服装と、学生服姿の自分の違和感にいまさら気づいたのである。

そこでギルドに向かう前に、そそくさとアイテムショップに入ることにした。

「いらっしゃい。何をお求めだい？」

店内には店主らしき中年の婦人がいた。

この人は不審なものでも見るように、リキオーの学生服にジロジロと無遠慮な視線をぶつけてくる。

「やっぱり、目立ちますよね。この格好」

「そんな格好してるのなんて、この辺にはいないからねえ。あんた。ちょっと見せておくれ」

困惑顔のリキオーそっちのけで、婦人はペタペタと体に触っては学生服の感触に驚いている。

「すごいね、この生地。どうしてこんなに薄くて丈夫なんだい？　こんなの初めて見たよ」

学生服を褒められて、さらに困惑するリキオー。

「で、あんた、そんないい服着て、何をお求めだい」

「見ての通り、目立つので外套《がいとう》が必要かなと」

「ちょっとお待ち。何かいいのがないか、見繕《みつくろ》ってくるよ」

そう言うと、店主の婦人は奥に引っ込む。しばらくして取りだしてきたのは、動物の革をなめしたコートであった。

「これなんて冒険者なら必要だね。コートは野宿のときには必須品さ」

店主の婦人は持ってきたコートをリキオーの肩にかけてくる。

リキオーは表面を撫でながら着心地をたしかめたが、なかなか良さそうだ。

購入しようと婦人に声をかけたところで、ある重要な事実に気がついた。

宿のオヤジに護衛の報酬の残りも渡してしまい、金貨しかなかったのだ。しかし、金貨は使いたくない。何とかならないものかと思っているとあることを閃《ひらめ》いた。

あわててリキオーは尋ねる。

「すみません、いま手持ちがなくて。野盗たちから回収した品があるので、それで何とかならないですか」

「見せてご覧。話はそれからだよ」

リキオーは野盗を倒して回収した装備品を、店主の見ている前でカウンターに並べていった。

しかしどれも安物ばかりだったらしく、婦人の手によって、ポイポイと次から次へと投げ捨てられていく。

(だ、大丈夫かな)

最悪、体で支払うようなことになったらどうしよう。

そんな怖い想像をしていると、彼女はある一つのアクセサリーのところで手を止め、ポケットから鑑定用の眼鏡を取りだした。そして、しばらく片眼鏡で覗き込んでしげしげと眺めていたが、リキオーのほうを振り向いてニヤリと笑った。

「どれもゴミ同然だったが、このアクセサリーだけでコートもお釣りがくるよ。他にこの手袋もつけてやるよ」

「あ、ありがとうございます」

なんとか代金分の価値はあったようで、リキオーは胸を撫で下ろした。

手に入れた手袋とコートを【鑑定】スキルであらためてたしかめてみた。

鑑定
-APPRAISAL-

鑑定結果

【ワーウルフ・グローブ】

ワーウルフの毛皮から作られた手袋。水をよくはじく。クオリティ：d

鑑定
-APPRAISAL-

鑑定結果

【ワーベア・コート】

ワーベアの黒い毛皮から作られたコート。隠蔽《いんぺい》効果が上がる。クオリティ：c

防御値はあまり期待できないものの、この世界で浮かないための衣服と割り切れば問題ない。

「気に入ってくれたかい？」

「ええ、満足しました」

「ふぇふぇ、ならまた寄ってくれ。毎度あり」

店主の言葉に見送られ、アイテムショップを出たリキオーは、今度こそ本当にギルドに向かって歩きはじめた。

6　初クエスト

ギルドに到着すると、昼過ぎのためか一階のカフェテリアはそこそこ混んでいた。

食事を取る客のいるテーブルの間を縫うようにしてカウンターに近づく。登録したときとは違う受付嬢がリキオーに微笑んできた。昨日の受付嬢は、悪く言えば少し軽そうな感じだったが、今、目の前にいる受付嬢はしっとりとした色香を感じさせる。

「すみません、何か初心者向きの簡単な採集のクエストはありますか」

「ええ、あるわ。薬草の採集はいつも受けつけてるわよ。魔物の討伐のついでにでもどう？」

受付嬢は手元に抱えたボードを捲《めく》りながら、リキオーのランクに見合った初心者向けのクエストを紹介してくれた。

「あの、魔物じゃない獣を仕留めた場合でも、ギルドで引き取ってもらえますか」

「もちろん引き取るわ。クエストには獣の討伐もあるもの」

「わかりました」

昨日会った受付嬢も美人な上にグラマーだったが、このお姉さんも堪らない感じである。

半袖のベストの下に着込んでいるのは、黒いチューブトップで、鎖骨のあたりのラインとおへそがもう……。正直、長いこと正視できそうにない。

気を逸らすため、リキオーは真面目な質問をしてみた。

「採集する薬草の見分け方ってわかりますか」

「ええ、そこの棚にある冊子に採集する薬草の絵が載っているわ」

セクシーな受付のお姉さんの色香に当てられて心臓がバクバク鳴っていたのをひた隠し、努めて冷静を装う。

「ありがとうございます」

「どういたしまして。頑張ってね」

にっこりと微笑む美人の受付嬢に曖昧な微笑みを返す。すると、周りのテーブルから殺気の込められた視線が投げかけられているのに気づいた。

(やっぱり受付のおねーさんってファンが多いんだなあ)

リキオーは苦笑しながら、受付嬢に言われた冊子を手に取り、パラパラとページを捲《めく》った。

薬草は、ＨＰ回復用の丸薬《がんやく》の材料になるヒールグラスのほかに、強壮剤になるパワーグラス、魔物の嫌う臭いを発する薬草などに分類されていた。

登録したばかりの新米冒険者がよくお世話になる回復用の丸薬は黒っぽい色をしていて、一見するととてもじゃないが口にしたくなるような物ではない。

リキオーがインベントリに入れている液体の回復ポーションと違い、即効性がない上に、噛《かじ》るように呑み下して休憩していると徐々に回復してくるといったもので、戦闘時には到底使えない。それでも、ただ休んでいるよりも回復するので、買えばそれなりの値段はする。

テスラ村でのイリヤが現金収入の手段として採取していたのもこのヒールグラスだ。

ヒールグラス、パワーグラス、と順番に特徴を確認したリキオーは、懐から念じて取りだしたメモ帳に、ざっとそれを書き写していった。ちなみに、このメモ帳はシステムに付随するものだ。今のリキオーを他の者が見たら、何もない空中で指を動かしている変な動作に見えるだろう。

そのまま町の外に出て薬草の採取に向かいたいところだが、現在リキオーの格好は普段着モードである。ギルドに屯《たむろ》する他の冒険者の目の前で、戦闘装備へとモードチェンジするわけにもいかないので、一旦、宿屋に戻ることにした。

宿屋に着き、自分の部屋に向かおうとすると、オヤジに声をかけられる。

「おう、リキオー、今日はもう終《しま》いかい？」

「いえ、着替えに戻ったんですよ。これから外の森に薬草の採取に行ってきます」

「そうか。それじゃ、弁当出しておくよ。出掛けに声をかけてくれや」

宿屋のオヤジには、さっぱりとしたキップの良さがある。気持ちに余裕があるときはオヤジの無駄に元気なところも気にならない。

リキオーはフッと唇の端に笑みを浮かべて自分の部屋に入ると、買ってきたコートとグローブをモードチェンジに登録した。そして、完全装備のモードに切り替える。

「今回はいろいろ試しておきたいからな。弓矢も装備しておこう」

インベントリから取りだしたのは、正宗と同じように、最初から持っていた破魔弓《はまゆみ》という名前の長弓だ。

名前のとおり、魔物に対して攻撃力が増す特殊能力がついているし、弦を弾いて立てる音には、魔物を退ける破魔の力がある。

これも正宗同様、ゲーム『アルゲートオンライン』では、レベル40相当の者でなければ使用できないロングレンジ武器だ。

装備してみたところ全く問題がなく、ペナルティも発生しない。試しに矢をつがえずに弦を引いてみたが、何の抵抗もなく引き絞れた。

鑑定
-APPRAISAL-

鑑定結果

【破魔弓】
攻撃力55　範囲548　クオリティ：レア　備考：対魔効果　不滅属性

「儲けが出たら矢も買っておかないとな」

とりあえず矢はすでにインベントリにスタックされている分を使うことにする。

この矢は鏑矢《かぶらや》という破魔弓専用弾で、雑魚に使うのはもったいないが、他にないので使うしかない。

矢筒をセットし、破魔弓を肩にかけ、リキオーはフル装備で部屋を後にした。

宿屋のオヤジに声をかけて弁当をもらい、正宗を腰に差して、具足をつけた上からコートを羽織り、宿を出る。

入口で門衛の兵士に挨拶して、村の外へ。

門の外には東西に街道が延びている。この街道を東に行くと、ドルトンという村があるらしい。西に行くとイリヤのいるサテラ村に着く。

リキオーは、とりあえず南に広がる森へと分け入っていった。

道などない鬱蒼《うっそう》とした森だ。とはいえ、まだこのあたりはそれほど木々の生えている密度が濃くなく、少し行くと木も疎《まば》らな草原に出た。

一旦ここで獲物を探すことにした。すぐに見つけたのは、ギッタンバッタンと丸まった体を草むらに擦りつけては転がっている、猪のような獣のワーボアである。

「お、ワーボアか、いっちょかましてみますか」

リキオーは矢をつがえ、狙いをつけて弓を引き絞った。ゲーム中、何度もお世話になったスキル

【弓術】の立ち上がる感覚に身を任せる。

指を離すと、ヒュンッと鋭い音を立てて矢が放たれ、ワーボアの出っ張った腹に突き刺さる。そしてその部分だけが抉《えぐ》れるように吹っ飛び、ワーボアはピギャァァと甲高い声を上げながら絶命した。

「あっけないな……やっぱりシステムアシストが効いてるみたいだ。まあ、外れるよりマシだけど。何だか物足りないなあ」

ボヤキながらも、リキオーは目に入る獲物に向けてさらに矢を放つ。

ワーボアの次は、木々の梢に止まっていたワーバード。その次は、草原で草を食《は》んでいたワーラビットを狙った。

ワーバードは爆散。ワーラビットは首から上がなくなって、その後方に立つ樹の幹に丸い穴が空くほどだった。

「うーむ、これはヤバイ……。力加減を間違えると売るものが残らない」

ところが、スキル【弓術】に頼らずに撃とうとすると、外れまくる。

そんな感じでついムキになって撃ってしまい、あっという間に在庫が半分になっていた。ようやくヤベェと我に返ったリキオーだったが、乱獲したお陰か、レベルが二つも上がっていた。

「ま、まあ、弓矢はもういいか。確認できたし、魔法のほうをやってみよう」

昼間に教会で神父を相手に教わった生活魔法を試してみることにした。

「とりあえず基本からだな。火よ」

リキオーはステータス表示を簡易タイプにして表示させ、自分の中の魔力がどう変化するのかを確認しながら、生活魔法の火魔法を発動させる。

手のひらの上に、ポウッと小さな火の塊が灯る。

その火の効果は梢を焼く程度で、やはりダメージを期待できるようなものではないようだ。

「生活魔法は後でいいや。俺に攻撃魔法は使えるのかを試してみよう」

続いて、精霊術士が使う呪文「アースダスト」を練習してみる。

これは、石つぶてを撃つ魔法呪文で消費MPは4、ダメージは10程度の初期呪文だ。

「土もて礫《つぶて》となりて敵を撃ちぬかん、アースダスト！」

リキオーは、前方でゴロゴロと転がるワーピッグを撃つつもりで呪文を唱えた。

が、魔法は発動しなかった。

ステータス表示を見ると、魔力の消費もしていない。完全に失敗である。

「やっぱりダメか。そもそもこの呪文は精霊術士のだからエルフしか使えないんだった」

リキオーは頭をポリポリと掻いた。

その後も、某亀○人のアレとか、格闘ゲームの某波○拳とか、人目があったらとてもじゃないが試せない、ちょっと恥ずかしい技にも挑戦してみたが、ことごとく失敗した。

「くっそぉぉ。仕方ない、こうなったら生活魔法を使いこなしてやる！」

リキオーは再び火魔法で火を起こし、それをイメージで変形できないか試してみた。

するとと、火は彼の想像通りに変形した。例えばライターの火を想像すれば、細い火に姿を変えるといった具合だ。さらに火力を調整することにも成功した。

「おお、これなら使えるな」

火を変形させたり、火力を調節したりすることで消費MPは倍になったが、そもそもが1なので倍になっても2だ。また、火を出す位置を変えたりしているうちに、ガスバーナー程度の出力まで維持できるようになった。

コツを掴んだような気になり、さっそく他の属性でも試してみることにした。

次いで試したのは風の魔法である。

風魔法を倍出力にして、握った拳から剣の形をイメージしながら放出させてみた。

すると見えない剣として機能するようになり、木に絡まる蔦《つた》もスパスパと切断できた。

それを利用して波○拳もどきができたときは感動してしまった。

一瞬、溜めを作り、前方に風の道を作るようなイメージでエネルギーを放出するのだ。ただし飛距離は大したことがなく離れた敵には使用できない。

思わず嬉しくなってしまい、この波○拳もどきの魔法に「インパクト」と命名し、それを連呼しながら、ドッカンドッカンと派手な音を立てて撃ちまくっていたら、周りが更地になってしまった。

水の魔法も最初は失敗したが、倍出力なら風呂程度の量でも出すことができるようになった。さらに、指の先から水鉄砲を飛ばすような器用なテクニックまで身につけた。

面白かったのは土魔法だ。

そもそも最初は、教会の司祭に教わったように土を掘るだけのものだと思っていたのだが、倍出力にして試すと用途が広がった。

掘り返した土をその場で壁状に伸ばしてみたら、防御壁ができたのだ。

試しに自分で作った土壁を正宗で切りつけてみると刃が通らなかった。高さや幅はある程度自由に変えられる。これは守りに使えそうなので「アースガード」と命名することにした。

ずいぶん生活魔法を自在に使えるようになったが、そのどれもが近距離にしか効果を発揮できないことが難点だった。

距離を出せそうな風の魔法「インパクト」でさえ、近距離にしか効果を及ぼさない。土魔法だけは五メートル先ぐらいまでは何とか壁を作れたが、どうやらそれが限界のようだ。

とはいえ、これだけ魔法を操れるようになれば十分だろう。

「これはイケる……フフッ」

生活魔法の可能性と、倍出力による魔力操作のたしかな感触に、リキオーは笑みをこぼしていた。

「さてと、これで攻撃魔法が使えなくても戦略は広がるな。よし、クエストの薬草を探すか」

ギルドで読んだ資料には、ヒールグラスがどこに生えているか詳しく載っていたので、簡単に見つけられそうだ。いかにも初心者クエストらしいお手軽さである。

ちなみに、クエスト難度が上がるにつれて情報を自分で求めたり、情報の裏を取ったりといったことまで必要になるようだ。

薬草の生えるポイントを書いたメモを取りだして、参考になる木を探した。

メモには、ヒールグラスの近くに必ず生えている木の特徴が書かれていた。低木で葉の形が逆ハート形、樹の幹に縦の筋がある、などの情報だ。

さっそく目当ての木を見つけ、根元を探すと、それと思われる薬草の群生を見つけた。

「あった。これだな、これであってるか？」

その赤い紫蘇《しそ》に似た草は、メモ帳に写したヒールグラスの特徴とピッタリ一致していた。

丁寧に掘り返して、綺麗に根から採取する。そして、あらかじめ渡されていた採取用の容器に薬草を入れるとインベントリに収めた。

【鑑定】スキルでヒールグラスを見てみる。

鑑定
-APPRAISAL-

鑑定結果

【ヒールグラス】
HP回復用のポーションの基礎材料になる薬草。苦くて食用には向かない。
クオリティ：a

「お、クオリティ、高いな。ところでクオリティはどうしたら変わるのかな」

試しに、根っこを残して地面から見えているところだけ採取して、インベントリに収納。そして【鑑定】スキルを発動する。

すると説明が変わった。

鑑定 -APPRAISAL-

鑑定結果

【ヒールグラス】

乱暴に引き抜かれたヒールグラス。クオリティ：f

「ふむふむ、ってことはやっぱり、根っこから採取するのが正解なんだな」

調査結果に満足すると、群生している残りの薬草も丁寧に根っこから回収した。

ギルドへの提出用として薬草の一部をインベントリに入れておく。基本、インベントリに収納されたものは経年劣化がなく、鮮度が保たれるのだ。

クエスト達成ができたところで、夕闇が迫ってきたので村に戻ることにした。

森を抜けて街道に出ると、ユシュト村の入り口に着いた。

門を通り抜けようとすると、出るときは何も言われなかったのに身分証の提示を求められた。門衛はあわてているようであった。事件でもあったのだろうか。

「お、登録済みの冒険者か。通っていいぞ。ところで森の中で何かあったのか。すごい音が響いていたので、警備を厳重にしているんだ」

「え、え、えっと、何でしょうか。俺は薬草採取していただけなので……」

念のため、鞄から回収容器を取りだし薬草の束を見せておいた。門衛はそれを見て納得してくれたようだ。

しかし、リキオーは冷や汗を掻いていた。門衛の言う〝すごい音〟に心当たりがあったからだ。

(やべぇ、「インパクト」は楽しいけど、アレ、音が響くからな)

アハハーと誤魔化し笑いを浮かべて、門衛の追及をかわすと、リキオーはその足でギルドへ向かった。

やはり、夕方ということで夕食を取る冒険者が多いのか、ギルドの一階はごった返していた。

リキオーはテーブルの間を通って、受付嬢に話しかけた。

昼間に話した妙に艶《いろ》っぽい美人のお姉さんの受付嬢だった。

「すみません、薬草採取のクエストの達成報告してもいいですか」

「ええ、構わないわ。ただ、埃が立つと食事を取っているお客さんに迷惑だから、二階に来てくれるかしら」

そう言って立ち上がった受付嬢の下半身は、スリットの深いミニスカートだった。

ムッチリとした太腿が覗き、リキオーは思わず赤くなって目を逸らす。

そんなリキオーの反応に、受付嬢のお姉さんは悪戯っぽい微笑みを浮かべた。

先導する彼女について階段を上りながらも、リキオーはミニスカートから伸びた形のいい脚にずっと釘づけだった。

二階の部屋に通されると、「査定の準備をするから少し待っていて」と言われ、リキオーは落ち着かない様子で、一人明かりの灯された狭い部屋で待っていた。

「それじゃ鑑定を済ませてしまいましょうね」

ボードを挟んだ鑑定書とノートを手に戻ってきた受付嬢は、リキオーが並べた薬草の束と獣の肉や毛皮について、一つずつ検分していった。

そんな中、リキオーは、髪を掻き上げる彼女の真剣な横顔に、ただ見蕩《みと》れていた。

(やっぱり、このお姉さん美人だなあ。俺と同じ年くらいかなあ。女性の年齢はわからないや。昼前にギルドから出るとき、すごい殺気浴びたからなあ。ライバル多過ぎ)

ぼ〜っとお姉さんの査定の仕事ぶりを眺めていると、声をかけられ、我に返った。

「リキオーさん、査定が終わったわ」

「は、はい、すみません。ど、どうでしたか」

「素晴らしいわ。薬草の保存状態も申し分ないし、これなら追加報酬を出せるレベルよ。それと、獣の肉や素材のほうも丁寧な処理がしてあるから高額で引き取れるわ。ええ、クエストクリアよ。おめでとう」

「ありがとうございます。ホッとしました」

リキオーが肩の力を抜いてため息を吐くと、彼女はニッコリと微笑んだ。

「初めてのクエストなのに、丁寧に採取してくれたからクオリティも上質だし、これなら何度でも引き取るわ。採取のクエストって地味だから、素材を乱暴に扱う人が多いの。だからリキオーさんのような人は貴重なのよ。これからもお願いするわ」

「はい。こちらこそ、よろしくお願いします。ところで、あの、お姉さんのお名前、教えてくれませんか」

「ごめんなさい、言ってなかったわね。私はリティナよ。歳は十八なの。今週は午後のシフトだから、よろしくね」

そう言うと、リティナはウィンクした。その破壊力は抜群で思わずドキッとしてしまうが、リキオーはアハハと微妙な笑いを浮かべて誤魔化す。

（すごい色気だわ、こりゃ冒険者風情じゃ手玉に取られるなあ）

査定額は、薬草の採取が銀貨十枚に、追加報酬で銀貨二枚。獣や魔物を狩って得た素材や肉は銅貨八十枚になった。それをすべて腕輪のプレートに記録してもらうと、リキオーはギルドを後にして宿屋に帰った。

宿屋のオヤジがリキオーに声をかける。

「おう、リキオー、無事だったみたいだな」

「おかげさまで、何とか採取クエストをクリアしました」

「おめでとう、冒険者は帰ってくるまでが冒険だからな。気を緩めるなよ」

「そうだ、オヤジさん、この村に風呂屋ってありますか。汗を流してきたいんですが」

「フロ？　フロは知らないが、汗を流したいなら裏庭に井戸があるぞ。水浴びでもしてこいや。あがったらメシにしてやるぞ」

「わかりました」

リキオーは一度部屋に戻り装備を解除すると、裏庭の井戸で冷たい水を浴びた。気候が温暖なせいか、水の冷たさもあまり気にならない。また、湿度が低い土地柄なのか、汗を流した後は風の感触が爽やかだった。

「ここにフルーツ牛乳があれば！　まあ、ないものは仕方がない」

その後、オヤジに食事を出してもらい、黒パンに齧《かじ》りついた。食事を終えて満足すると、オヤジに礼を言って部屋に戻った。

部屋に戻ると何もすることがない。ゴロンとベッドに横になればすぐに睡魔が襲ってきた。リキオーは、ギルドの受付嬢のことを考えながら、すぅと眠りに落ちていった。

7　装備の充実を図る

次の朝。

昨日はちゃんと普段着に着替えて寝たので目覚めが良かった。木窓の隙間から差し込む陽の光に目を覚ますと、ふわぁ～と欠伸《あくび》をして体を起こす。そして部屋を出て、寝ぼけ眼《まなこ》で階段を降り、裏口を行った先にある井戸まで顔を洗いに出た。

井戸の前には先客がいた。体の大きな長髪の男で、その背中は逞《たくま》しく、磨き上げたかのように光っている。リキオーが声をかける。

「おはよう」

男は手拭いでざっと長い髪を扱《しご》いて水気を飛ばすと、リキオーのほうを振り返った。

「うん？　ああ、すぐ空ける」

顔を洗い終え、そのまま通りすぎるかに見えた男は、急に足を止めた。

「ギルドのオーナーに声をかけられてたのはお前か。俺はアルティオだ。名前は？」

「俺はリキオーだ」

アルティオは睨《ね》め回すようにリキオーの身体を見て、吐き捨てるように言った。

「フン、あんまり強そうには見えないがなあ。本当に一人で盗賊四人と渡り合ったってのか」

たしかにリキオーは、強そうに見られるタイプではない。

（まあゲーマーだしなァ……）

リキオーはそっと独りごちた。

彼は現代日本にいたときもあまり運動をしていなかったが、それなりに筋肉はあったのだ。実際に、高志だった頃の生き写しであるリキオーの体は引き締まった体をしている。

舐められるのも癪《しゃく》だ。

リキオーの侍としての戦闘力も考慮に入れれば、この長髪男に負ける気はしない。リキオーはジロジロと無遠慮な視線を向けてくる大男にすごんでみせた。

「試してみるか？」

「いや、やめておこう。メシが不味くなるのも困るしな。実力があれば、すぐその名が聞こえてくるってもんだ」

そう言うとアルティオは、タオルをバシッと肩にかけ裏庭から出ていく。

リキオーは肩をすくめ、井戸から水桶で引き上げた水を頭から浴びた。そして手拭いで寝起きの顔を拭きながら、ふと風魔法の「インパクト」を試したくなった。

波〇拳のモーションを構えてニヤッとしたところ……。

「何やってんだお前」

いつの間にか宿屋のオヤジが来てリキオーを眺めていた。

うろたえ、カーッと顔を真っ赤にするリキオー。そして「アハハハ」と乾いた笑いを浮かべながら、自分の部屋に逃げ込む。

（メチャ恥ずかしぃッ）

部屋の中でひとしきり反省し、気持ちを切り替える。

今日は、昨日の初クエストクリアの報酬で、防具を買いに行くつもりだ。

胸元がガラ空きなのは頼りない。心臓の位置を守る胸当てのようなものが欲しいと思っていたのだ。

普段着の上にコートを引っかけると、部屋を出て一階へ下りていく。

出掛ける前に、腹ごしらえをしておこうと思い、宿屋のオヤジに声をかけて食事を頼んだ。

オヤジは愛想よく承諾し、料理をしながらリキオーに尋ねる。

「そういえば、さっき誰かに絡まれてなかったか？」

リキオーが話したがらないのを察知して、身を乗りだして忠告する。

「この宿に泊まってる奴なんかは、血の気の多い冒険者見習いが多いからな。喧嘩はやめてくれよ。ましてや決闘なんざするんじゃないぜ」

「別にそんなつもりはない。だが、向こうから突っかかってきたら仕方がないだろう？」

リキオーは困ったような顔をして答える。

「フフッ、そこを上手くやるのも冒険者の実力だぜ。腕っ節ばかりで渡っていけるような世界じゃあないんだからな」

オヤジはしたり顔である。昔は冒険者でもしていたのだろうか。

「ああ、考えてみるさ」

「頼むぜ」

食事を終えて、オヤジにルームキーを預けると、宿屋を出る。

そして、先日、コートを買ったアイテムショップに再びやってきた。

「こんにちは」

「あら、あんたこの前の戦士様かい。今日はどんな御用だい」

「このコート、仕立てが良くて気に入ってるんですよ。それで今日はちゃんとお金があるので胸の部分を守る革製の鎧かなんかを見繕ってもらおうかと思って」

「ほうほう、そうかい、気に入ってくれたんなら結構だね。で、革製の鎧だって。ちょっと待っておくれ」

コートのことを褒めると、オバちゃんは顔を綻ばせて、奥に引っ込んでいった。

そういえば、この前はあわただしくてよく店の中を見なかったが、どうやら鎧が専門というわけではなく、服の売買がメインの商売のようだ。

「はいよ。お待たせ。うちのトコじゃ、こんなものだねえ。お前さんの気に入るものがあるといいが」

オバちゃんは、いくつもの革製の鎧を台車に載せて持ってきてくれた。

リキオーは一つひとつ、手に取って胸に当ててみる。候補になりそうなものが二つあった。

「コレとコレ……どっちが……コレかな？」

一つは弓道で女子がつける胸当てのようなもの。実際には、拳闘士がつけるもので、タックル用に肩当てを固定するのが目的のようだ。ただしその肩当てに当たる部分はついていない。

もう一つは、タンクトップのような形で肩にぶら下げて、腹部を守るタイプの鎧である。腕が邪魔にならないように腋《わき》の下に当たる部分が大きく抉れている。リキオーは、このタイプの鎧を黒澤明の映画で見たことがあるような気がした。

結局、見た目を重視して胸当てタイプを選んだ。

オバちゃんに胸当てを装備させてもらい、腕を動かして違和感がないかたしかめてみる。あんまり防御力が上がったようには見えないが、学生シャツよりはマシだろう。

「気に入ってもらえれば、それにこしたことはないよ。ふぇっふぇっ」

今回はちゃんと現金を払って買った。この胸当ては銀貨二枚だった。

そこで、店を出そうになったのだが、あわててカウンターまで引き返す。

下着や普段着の替えが必要だったのだ。

「オバちゃん、服も買いたいんだけど」

「あるよ。この店はそっちのほうが売上が大きいからねぇ」

オバちゃんが店内の棚にある冒険者向けではない一般の服を取ってくる。

リキオーが広げてみると、イリヤや彼女の兄のトールが着ていた貫頭衣に似ているものがある。

また、バザーをやったり、串焼きを売ったりしているオッサンたちが羽織ってるケープのようなものもあった。こちらは革鎧などと比べるとぐっと安くて銅貨十枚からが相場だ。

その中から、リキオーが着られるサイズのものを下着も含めて何セットか購入した。

「毎度あり。冒険者のお兄さん、また寄っとくれさね」

「はい、またお邪魔すると思います。では」

リキオーは、オバちゃんの素朴な感じに癒やされる思いがした。

アイテムショップを後にすると、武器屋を訪れた。

店の軒先《のきさき》には、剣をデザインした看板が掲げられている。

「いらっしゃい、お客さんかい？　今ちょっと店主は鍛冶屋に行ってるんだよ。俺？　俺は店番」

頭が天然パーマで、その中身も軽そうな若いあんちゃんだった。

「矢ってある？」

「あるよ、どんな弓使ってるの」

そう言うと、あんちゃんが、サンダルを突っかけて奥に引っ込む。しばらくして持ってきたのは、クロスボウ用の短い矢弾《やだま》であった。リキオーの持つ長弓、破魔弓では使えない。

リキオーは、インベントリから、今使っている木の矢を取り出す。

「俺が欲しいのはこんなんだけど」

「ダメだあ。ここじゃねえなあ」

「ないなら仕方がないや。投げナイフみたいなのあるかな」

あんちゃんは、ふんふんと言いながら、店の倉庫から金属製の何かが収まった箱を持ってきた。

「これで、どっすかぁ」

「うん、ちょっと見せてもらうよ」

箱の中に入っていたのは投げ用のナイフだ。刃がギラリと光っている。

指の間で挟み持ち、スナップを利かして投げる動作をしてみる。やや重めのようだが、許容範囲だ。

「いいね、これもらえるかな。とりあえず三本欲しい」

「ういっす。毎度！」

ぼろい布に投げナイフを三本包んでもらった。価格は使い捨てにはちと高い、一本銅貨百枚。

なので都合、銀貨一枚（銅貨百枚に相当する）と銅貨二百枚で払う。もちろん現金ではなく腕輪で。

「また、親父がいるときに来てくださいよぉ、ありがとうございやしたぁ！」

あんちゃんが手を振って、店を出ていくリキオーを見送った。

時間的にはそろそろ昼に差しかかろうかという頃合いになっていた。

「さて、買うものも買ったし、一度宿に戻ってからギルドに顔を出すか」

まだ懐に余裕はあるが、稼いでおいて損はない。また採取クエストを受注しようと考えたのだ。

宿に戻り、オヤジに食事を出してもらう。

「おう、リキオー。今日も稼いでるか」

「ええ、今日は装備を揃えて、午後からギルドの予定ですよ」

「しっかり食べて、しっかり働けよ」

毎度メニューは変わらないが飽きは来ない。

いつもの料理をぱくつく。この世界に来る前の彼は、こんなにしっかりとした食事を取った記憶がない。今のほうが体も動かしているし、しっかりとしたものを食べている気がする。

リキオーは昼飯を食べ終えると、部屋で着替えて、フル装備でギルドに向かうのだった。

8　初パーティ

ギルドに入ると、何かざわざわしていた。

とりあえず情報を求めてカウンターを目指す。午後のシフトらしくリティナがいた。彼女は困ったようにカウンターに頬杖を突いて、周りに屯《たむろ》している冒険者らしい一団を横目で見ていた。

「こんにちは、何かトラブルですか」

「んーとね、そろそろ討伐隊の季節なのよ」

彼女の説明によれば、この村の近くにある森の奥に、魔物が集まる魔力溜まりがあり、定期的に近隣の村から冒険者を募って討伐に向かうのだが、今年はこの村の割当《わりあて》の冒険者が揃わなかったらしい。そのため、他の村からも冒険者を呼んでいるようだ。ちなみに、その対応をする冒険者はC級以上の選りすぐりの者に限られる。

「リキオーさんにはまだ縁のない話ね。今日も薬草取得のクエストをやってくれるのかしら」

「ええ、そのつもりです」

「頑張ってね、ちゃんと仕事してくれる人はギルドとしても貴重だから。応援してるわ」

「はい、ありが――」

「待て、リキオー」

突然、野太い男の声が、そのまま去ろうとしたリキオーを遮《さえぎ》った。

「オーナー？」

リティナが不審げに眉を顰《ひそ》めてギルドオーナーのバルドを振り返る。

「おう、うちの村の枠な、一つ埋まったぞ。ここにいるリキオーだ。ギルドランクはまだ登録したてだからFだが、護衛クエストを先にこなしている。襲ってきた野盗の半分はこいつが始末したらしいから実力は申し分ない。何なら俺が保証する」

オーナーが周囲に聞こえるように大声で言う。

その言葉に、パーティのリーダーらしい男が反応した。真剣な目つきをした金髪のいかにも見映えのしそうな剣士である。

「ふむ、すでに護衛をこなしてるのか。それなら問題はなかろう」

杖を持ちフードを被った法術士らしい男が判断の留保を促す。

「しかし、一応、様子を見させて欲しい。それで判断しよう」

さらに、全身を金属製の鎧に包まれた男が問いかけた。

「君の得物は刀か。十分使える業物《わざもの》だな」

弓使いらしい優男《やさおとこ》がひーふーみーと人数を数えて口を開く。

「だが、まだ人数が足りないぞ？　オーナー」

すると、オーナーのバルドは、一階のカフェテリアの末席で今か今かと出番を待っていたアルティオに声をかけた。先日、宿屋の井戸でリキオーと鉢合わせた男だ。

「ああ、もう一人も大丈夫だ。アルティオ、お前が行け」

「お、俺か？　へへ、そう来なくちゃなあ。おお、リキオー、お前は休んでてもいいぜ」

この場には、指名されないように視線を背けている者が多かったが、彼だけはギンギンとアピールしていた。

リキオーが口を挟む。

「なんか、勝手に話が進んでませんか。俺、やるとは一言も言ってないんですけど」

リティナがかわいそうなものを見る目つきでリキオーに説明する。

「リキオーくん、諦めて。本当ならランクが足りない君は資格がないんだけど、この討伐はオーナーの専権事項なの。つまりオーナーがいいと言ったらランクに関係なく指名できるのよ。拒否権はないの。頑張って生き残ってね！」

ずいぶん強引な話だが、ルールなら仕方ない。それに、リティナに応援されては、行くしかないだろう。

アルティオが、受付カウンターの前に出てきて、「ウッ、ハッ」と暑苦しいかけ声を発しながらポーズを決めている。彼を見ていると、討伐隊の人選に一抹の不安が湧いてきた。彼は見るからに肉体派だが、ジョブは何なのだろうか。

「あの、リティナさん、アルティオってジョブ何ですか？」

「賢者よ。期待しないほうがいいわ。評判よくないから」

リキオーは、リティナと一緒にハァと深いため息を吐いた。

こうしてユシュト村をベースにした討伐隊のパーティが決まった。

構成は、剣士、重戦士、狩人、法術士、賢者、そして戦士のリキオーである。

パーティリーダーを買って出たのは見映えの良いイケメン金髪の剣士バルトロ。重戦士でガタイのいい男がフィロメーノ。優男の狩人はネレーオ。法術士はラニエロ。賢者はアルティオである。

パーティ構成を見た限りでは、そこそこバランスはよさげではある。

とりあえずはキャンプの準備をしないといけない。

討伐隊はこうして何度も組まれているため準備は手際よく進み、万端なようだ。

パーティリーダーのバルトロがリキオーに声をかけてきた。

「君も今回は災難だな」

「いえ、こうなったら、生き残るためにいろいろ知っておきたいです」

「フフッ、前向きだな。いいだろう、俺が知っていることだけでも話そう。でも君と大差ないかもしれないぞ」

バルトロが言うには、行程は二泊三日。魔力溜まりの大体の位置はわかっているため、そこまでは半日ほど馬車で移動する。しかし、毎年、魔力濃度の濃い位置は移動してしまうので、法術士のサーチ呪文で位置特定するらしい。

また、魔力溜まりにはユニークモンスターが発生することがあるようだ。

ユニークモンスターとは、生命体として格の違いを見せつけるような強さを持つ魔物のこと。現在確認されているユニークモンスターは四種で、一体倒すのにかかる経費で国が傾くとすら言われる。

ギルド冒険者が、討伐行に乗り気ではなかったのは、このユニークモンスターの危険性のためであった。

「危険であることはたしかだが、生き残れば実力が認められるし、そんなに悪いことでもないだろう」

バルトロも気力は充分らしい。

彼はひとしきり話すと、リキオーの肩を軽く叩いて馬車のほうに歩いていった。

ゴトゴトと揺れる馬車の中で、イケメン剣士は禿げた法術士と地図を広げて何やら相談中だ。

金ピカ重剣士は荷物に腰かけて瞑目《どうもく》している。

狩人は御者台に腰かけていた。

賢者は、どうせ自分には到着するまで出番はないとばかりに、酒をかっくらって寝込んでいた。

他のメンバーもどうやら彼には見切りをつけつつあるようだ。

リキオーは馬車の後方から、走り去る景色をぼんやりと眺めていた。

あまり深く考えても仕方ない。どっちにしろ、半日はやることがないのだ。賢者様を見習って彼も一眠りすることにした。

それからしばらくして馬車が停まった。

その気配にリキオーが目を覚ますと、ここでキャンプを設営するとのことだった。リーダーが言うには――

「魔力溜まりはここから森に入って半日のとこにある。今から入っても夜になったらこちらは動けない。ここでキャンプを張って、明日の朝から討伐に入ろう」

ということらしい。

みな作業に取りかかったが、賢者は寝息で応えただけである。

事前にリキオーは野宿が初めてと申告しておいたので、彼に割り振られたのは、周辺警備という簡単な仕事だった。なお、魔物の襲来を予期して夜通し警戒を張るため、休憩と警戒は三交代制で行う。

先に休ませてもらったリキオーは、明け方の見張りの当番のときに起こしてもらうまで熟睡していた。

起こされて、法術士と見張りを代わる。朝の森は静謐《せいひつ》で薄《うっす》らと霧が出て、厳かな雰囲気が漂っていた。

「よう、大変だな、あんなのが同じ村の出身だと思うと」

別の村のギルドから今回の討伐行に参加している狩人の優男、ネレーオが声をかけてきた。

あんなのとは、賢者のことだろう。リキオーはユシュトの出身ではないが、調子を合わせるように頷く。

「しかし、あれでもこのパーティじゃ大切な回復役だしな。せめて本番じゃ役に立ってくれるのを願うしかないな」

「ククッ、そうだな。そういえば、君も弓を使うのか」

ネレーオが持っているのは短弓、いわゆるクロスボウだ。

彼はリキオーの背負っている長弓に興味を持ったらしい。

肩にかけていた破魔弓をネレーオに手渡すと、彼は弓を引いたり握りの感触をたしかめたりしてリキオーに返した。

リキオーが破魔弓の説明をする。

「ああ、これはメインで使う武器じゃない。これでも戦士だからな。この弓には退魔の効果があるんだ」

「君のジョブは戦士なのか。それにしては軽そうな鎧だな」

ネレーオは具足を物珍しげに見ている。

「俺は侍という東方の国の戦士だ。防御力に頼るのではなく、回避力と手数で戦うジョブなんだよ」

リキオーの説明に、ネレーオは納得したような、よくわからないような表情を浮かべている。

「まあ、実戦でそのサムライとやらの真価を見せてもらうか」

「少なくとも賢者様よりは役に立ってみせますよ」

「ハハッ、だな」

まるで空気を読んだように「ガァア」と賢者様の欠伸《あくび》が響いた。その途端、リキオーとネレーオは口を押さえてクックックと笑い声を漏らしたのだった。

9　討伐行前半

リキオーが起床してからすでに四時間近く過ぎ、やがて全員が朝の準備をはじめた。賢者は相変わらず熟睡していたので、リキオーはそっぽを向きながら彼の足を蹴飛ばしてやった。

キャンプが畳まれ、討伐行の準備が進められる。

リキオーも装備の具合をたしかめ、正宗を腰に差して屈伸運動で充分に全身の筋肉をほぐす。

イケメン剣士バルトロが声を上げる。

「よし、みんな準備はいいな。いよいよ魔力溜まりの討伐をはじめる。隊列は狩人ネレーオが先行し、リキオーがその護衛。後ろから俺と重戦士フィロメーノ、法術士ラニエロが追う。しんがりは賢者アルティオで行こう。魔物でも獣でも見つけたら、その都度、停止し殲滅《せんめつ》する。ラニエロは魔力溜まりに近づいたら知らせてくれ。以上だ。何か質問はあるか」

全員が沈黙で答える。バルトロがみんなの顔を見回して頷いた。

「よし、行こう！」

一行は隊列を組んで森に入っていった。

先頭を行く狩人ネレーオは、スキル【遠視】と【警戒】、そして【広域スキャン】を持っているため、こういう目的がある場合には重宝される。

しばらく進むと、さっそくそのスキルに反応があったようだ。

ネレーオが声を上げる。

「ん？　停まれ！　お客さんだぜ。ワーウルフが四の、五の……七匹いるぞ」

叫びながら後退するネレーオに合わせて、リキオーも退く。

そして、彼らと交代するようにバルトロとフィロメーノが前に出る。

盾を構え、後方の仲間を守るように剣を抜いたバルトロの横から、フィロメーノが肩から抜き出した大剣をぶん回しながら、ワーウルフの先鋒を切り払う。

「おうらッ、いくぜぇぇ！」

フィロメーノの繰り出す大技【スピン】に巻き込まれたワーウルフが悲鳴を上げてぶっ飛んでいく。

そのサイドから飛び込んでくる魔物を、バルトロの鋭い剣閃が切り裂いた。

「ふっ、させるかァ」

「せいッ！」

フィロメーノの技のインターバルに飛びかかってきた狼たちを、狩人ネレーオのクロスボウが連射で射抜く。

矢をつがえる狩人と位置を交代したリキオーが、牙を立てようとするワーウルフを刀で切り飛ばした。

その間に、法術士ラニエロは手にした魔術書を広げて、片手で印を切り、ワーウルフの群れに対して移動阻害呪文を完成させる。

賢者アルティオもフィロメーノに向けて両手に込めた魔力を光らせて、【ヒール】を発動している。

それぞれのジョブが強みを活かし、即席のパーティにしてはいい連携だった。

「キャウゥーン！」

最後の一匹に、バルトロがとどめを刺して戦闘を終結させた。

「よし、討伐に支障のある者はいないな。隊列を戻して魔力溜まりを目指すぞ」

バルトロはパーティメンバーの様子をたしかめると、討伐行の続行を宣言した。

その後もワードッグ、ワーウルフと遭遇した獣を難なく倒し、今回の討伐校は順調に進むかに思えた、そのときである。

突然、法術士が真剣な表情で訴えた。彼の足元に展開させていた魔法陣から何かを感じたらしい。

「こ、これは……。そろそろ近いぞ」

すると、先陣を切っている狩人の前方から、殺気を充満させた唸り声が響いてきた。

ダッダッと地を蹴る音とともに、パーティに目掛けて飛び込んできた巨体に全員が息を呑んだ。

ウルフ系のようであるが、ワーウルフとは体格が違う。

「……スカーウルフだ！」

頭の大きさだけで人を丸呑みできるほど巨大であり、血走った赤い瞳には、怒りを充満させている。そして、その鳴き声【咆哮《ほうこう》】には、恐怖によってしばらく身動きを封じるテラーの特殊効果が付与されていた。

ハッと気づいたリキオーは反射的にスキル【明鏡止水】を発動させ、テラーから脱すると、そのまま正宗を鞘に戻して武器を発動させた。

(【刀技必殺之壱・疾風《はやて》】!)

スキルの立ち上がりに身を委ねて刀を振り上げる。

すると、スカーウルフの横ざまから突き刺さり、そのままスカーウルフの腹部は切り裂かれた。

至近距離から刀技を受けたスカーウルフは飛び上がり、すぐ着地するとリキオーを恨みのこもった視線でにらみつけてくる。

テラーから解放され、我に返ったパーティメンバーは、気力を奮い立たせてスカーウルフへと向き直った。

リキオーに【咆哮】のテラー効果が効かなかったわけではない。スキルを発動させたことにより体が自動的に動き、テラーの効果を受けることなく、強制的に攻撃に転じたのだ。

「今の、すごい技だったぜ、やるな」

「おしゃべりしてる暇はなさそうだぜ」

「おうよ!」

重戦士のフィルメーロは、リキオーに肩を寄せて彼の健闘を称えた。

しかし、スカーウルフはまだ健在だ。

巨大な前足についた鋭い爪がリキオーに襲いかかる。

それをかわしながら、リキオーは法術士に向かって叫んだ。

「法術の方、ヤツの技【咆哮】の対処、お願いします」

法術士ラニエロはハゲ頭をさらして頷くと、魔術書を開いて詠唱をはじめた。その間、彼は無防備になる。もし、詠唱中に【咆哮】が来れば呪文はキャンセルされてしまうだろう。

そこで、バルトロが法術士を守るように背に隠してスカーウルフに対峙した。

スカーウルフが「ガアア」と唸り声を上げ、息を吸い込み、再び【咆哮】が来る、と思ったタイミングで、バルトロが構えた盾を突き上げる。

「【シールド・ストライク！】」

上手い、とリキオーは思った。

【シールド・ストライク】は、体の動きを止めるスタン効果を敵に与えるのと同時に二十秒の防御力ダウンも付与するスキルである。

スカーウルフの【咆哮】を防いだだけでなく、隙まで生みだした。

そこへ重戦士が畳みかける。

「よぉぉし、いくぜぇぇ！【ウォー・チャージ】！」

大剣を天に掲げ、パーティ全員の攻撃力を十秒間だけ10％引き上げるスキルを発動させた。

パーティ全員の体が、炎のエフェクトにボワッと包まれる。

ここからが見せ場とばかりに、法術士が魔術書を広げ、呪文を完成させる。

彼の指先にいるスカーウルフに戒めの呪文がかかり、【咆哮】を実行しようとすると、スタン効果が発動するようになった。

スタンが発動するたびに攻撃が加えられ、スカーウルフは立ち上がる意思さえ奪われていった。

そして、パーティ全員の集中攻撃を受けて、さしもの巨体を誇った魔物もズウンと重い音を響かせて地に沈んだ。

倒れゆく巨体を見ながら、リキオーが正宗を鞘に納めて一息入れていると、バルトロが近寄ってきて肩を叩いた。

「リキオー、君の判断は素晴らしかった。これからも頼む」

バルトロが拳を突き出してきたので、リキオーも拳を合わせる。

そして、二人は笑い合った。

(どう見ても、これ中ボスクラスだろ。俺たちってすごくない？)

リキオーは自分たちの成果に驚きながら、剣士や重戦士を誇らしく眺めていた。

10　討伐行後半

その後も、討伐隊は進んでいった。

とはいえ、先ほどのスカーウルフのような大物には当たらず、ワーウルフやワーラビットなどの小物が中心である。処理に困ったのはワイルドボアくらいだった。

ワイルドボアは突進攻撃が怖い。いきなり現れたかと思うと、もう目の前にいる。

動きが早いので法術が効きにくく、剣もなかなか当たらない。

だが、そこは狩人の独壇場だった。弱体効果を与えることができる小型の矢弾を連射しているだけで、簡単に沈めてしまったのだ。お見事である。


しばらく進んでいき、魔力溜まりらしきところに到着した。

今まで木々が乱立し、地面も緑に覆われていたが、ここ一帯だけ草が全て枯れている。

目を凝らすと、ヤバそうな何かが渦《うず》を巻いているのが見えた。

「おい、あれはヤバくねーか」

フィロメーノが指差すほうにいるのは鹿だった。

しかしデカい。その体は山と言っていいほどに巨大であり、脚は巨木を思わせるほどであった。

賢者アルティオが、ため息を吐く。

「くぁぁ、あんなのを相手にするのか。こりゃ、骨が折れるぜ」

この巨大な鹿は、マッドホーンという魔物である。

魔物が歩を進めるたび、足元の草が捻《ねじ》れ、芽が生まれ、突然成長したかと思えば、とたんに枯れていった。

その魔物がたどり着いた魔力溜まりの中心は、砂漠のようになっており、紫色の陽炎《かげろう》が渦になって揺らめいている。

周囲の空気でさえも何か特別な気配をまとっている。

長時間ここにいたら精神まで汚染されてしまいそうだ。

バルトロが気合を振り絞るように声を張り上げる。

「作戦はこうだ。マッドホーンは突進が怖い。正面にいて突進が来たら、まず誰も助からない。そこで接近して、法術であのツノを処理する。雷系の法術が奴には効果的だからな」

バルトロがそこで言葉を切ると、パーティメンバーの顔を見渡して、全員が理解しているかたしかめて先を続けた。

「ラニエロが法術でマッドホーンのツノを攻撃している間、俺とフィロメーノの二人でラニエロを援護する。ネレーオとリキオーは奴の背後から脚を狙ってくれ。賢者殿は法術士の後ろで回復を頼む。こんなところだが、何か案がある者は遠慮なく言ってくれ」

「はい」

リキオーは手を上げた。

「何だ？」

「マッドホーンはスカーウルフのような、状態異常を与える技は持ってないのか？」

「ないはずだ。だが、魔力溜まりで発生する魔物は狂ってるから習性が変わっていても不思議じゃない。もしかしたら、何かアクシデントがあるかも知れない。そのときの対処は頼む」

「了解した」

「よし、他はないな。生きて帰るぞ！」

「おうッ！」

バルトロのかけ声に全員で頷くと、行動を開始した。

まず、法術士を背に守りながら、剣士と重戦士がマッドホーンに突っ込んでいった。

しかし、モンスターもただ人間たちが到着するのを待っているわけではない。重い足を引きずるように剣士たちに近づいてくる。

「くっ、何てデカさだ」

重戦士はマッドホーンに得意技の【スピン】を仕掛けるが、振り回した大剣はマッドホーンの振り回すツノに阻まれ、ダメージを入れられない。さらに巨大な足で踏み込まれると、それだけでスタンするレベルの衝撃が襲ってくる。

その横では、リキオーが待機していた。

（後ろから攻撃って言ってたけど、よく考えたら馬とか鹿の後ろ足の蹴りって怖いんだよな。あんなでかい足の蹴りなんて食らったら一撃で吹っ飛ぶわ）

リキオーはサイドからマッドホーンの後ろに回り込もうとして、蹴りで吹っ飛ばされる自分を想像した。そしてブルブルと頭を振って、怖い妄想を振り払う。

（そうだ、メイン武器じゃないって封印してたけど、こんなデカい的なら当たるかな）

そう考え、リキオーは刀を鞘に納めて破魔弓に持ち替えた。

そして大きな膂力《りょりょく》を蓄えていると思しき、マッドホーンの後ろの太腿に狙いを定める。

するとそのとき、ピシャーンドカーンという雷鳴が響いた。

法術士の雷魔法がマッドホーンのツノに炸裂して、白い閃光をあたりに振り撒いたのだ。

「グオオオ！」

マッドホーンの唸り声が響き、ツノの一本がヒビ割れて爆散するのが見えた。

それと同時に、リキオーも矢を放った。

鋭い音とともに、矢は狙い違《たが》わず、マッドホーンの後ろの太腿に突き刺さり、肉を抉り深く貫いた。ブシュウとマッドホーンの太腿から血が迸《ほとばし》る。

（うは！　こりゃいい的だわ）

しかし、ヘイトを稼いだのか、マッドホーンがリキオーのほうを振り向いてしまう。

ヘイトというのは、いかに敵を怒らせたかを示すパラメータである。ゲームでよくあるシステムだが、この世界でも実装されているようだ。怒らせれば、当然、攻撃の矛先となる。

しかも、マッドホーンは、今までの鈍重な動きから一転、地を蹴り、モードが切り替わったように突進しはじめた。

これでは作戦どころではない。

剣士も重戦士も、法術士と賢者を引っ張るように逃げ惑うしかなかった。

「おい、リキオー、おめぇ、何をしたんじゃあ！」

賢者が血相を変えて掴みかかってきた。

どうも他のメンバーもリキオーが何かをしたらしいと察して、賢者の後ろから疑いを含んだ視線をリキオーに集中させている。

「いや、ただ弓で攻撃しただけなんだけど」

背後では轟々《ごうごう》と地響きを立ててマッドホーンが見境をなく駆け回っていた。何せ山のようにで巨大なので、走り回るだけで地震が起きる。

もっけの幸いなのは、ガムシャラに走っているだけなので避けるのは簡単だということ。しかし手が出せなければ状況は変わらない。

「おい、あんなのが街に突っ込んだらヤバイぞ。リキオー、お前、何とかしろ！」

「仕方ないなあ……」

リキオーは破魔弓を構えると、スキル【弓術】の立ち上がりを意識してスッと瞳を眇《すが》めた。

そして狙いをつけ、照準の中にマッドホーンの巨体が入ってくるタイミングで矢を撃ち出す。

ヒュウッと笛が鳴るような鋭い風切音を立てながら、矢は吸い込まれるようにその巨体に刺さり表皮を爆散させた。

「グォォォ！」

マッドホーンの悲痛な叫び声が、荒れ地になった魔力溜まりの一帯に響く。

さらに、リキオーは矢を指先に摘んで、スキル【弓術】の導くままに、次々と矢を放った。

矢は面白いように、暴走するマッドホーンの体に刺さっては、その部位を破裂させ、赤黒い血を大地に振り撒く。

矢の連写を受けて、マッドホーンのスピードが緩まると、「ヒュウウゥ」という断末魔の鳴き声を上げて、マッドホーンは腹に響くような地鳴りとともに倒れた。

「え、えげつねえ……」

「お、おまっ……本職狩人よりつえーって、おまっ……」

重戦士のフィロメーノが呆れたように声を絞る横で、狩人のネレーオは絶句していた。

「いや、これ、この弓がつえーんだよ。これ対魔装備だから魔物にはとくに効くんだ」

リキオーが弁解をすると、メンバーは彼に疑わしげな目を向けた。

「ま、まあ、よくやった。これで魔力溜まりの掃討作戦は終了だ。この後は収穫品の回収が大変なので、少し離れたところでキャンプを張る」

「お、おう」

この討伐行は、国から村のギルドに委託されている事業である。

そのため、収穫品の回収には、王都の回収部隊が来ることになっていた。

キャンプを張って、回収隊を待つ討伐隊のメンバー。

キャンプの周りには篝火《かがりび》を焚いて、結界を張っている。森は魔力が濃く、夜は魔物の動きも活発になるためである。

そして日が暮れようかという頃に、回収部隊が到着した。

回収部隊の面々はマッドホーンの巨体に驚き、バルトロたちに尊敬の視線を向けてくる。

作業は夜が明けてからすることになり、部隊の兵士たちが警戒する中、パーティを讃える祝杯が上げられた。

そして、討伐隊のメンバーたちは美味い飯と酒にありつき、生きている実感に浸るのだった。

11　モフモフ

翌日、回収部隊が魔物を解体している間、リキオーはあたりを散策することにした。

昨日、スカーウルフが突然、湧いて現れた地点を、もう一度確認してみたかったのだ。

（なんか不自然だったよなあ。マッドホーンが魔力溜まりにいたのはわかるけど、スカーウルフは何であんなところにいたんだ？）

スカーウルフのいたところにたどり着くと、そこには、大きな木が雷で真っ二つに裂けたように倒れていた。

そこから「フニャア、フミャア」と子猫のような鳴き声が聞こえてくる。

不思議に思い近寄ってみると、瓦礫《がれき》の下に彼の両手にも満たない大きさの仔狼がうずくまっていた。

「子供がいたから、スカーウルフはここにいたのか」

リキオーはこの仔狼をペットとして育てようと思いついた。しかし、テイム、つまり飼い慣らしの方法がよくわからない。

リキオーはまだちっこい仔狼を掬《すく》い上げると懐に抱え込んだ。

仔狼は「みーみー」と鳴いている。そのまま連れて帰って、回収部隊の人にテイムについて詳しい人がいないか聞いてみた。

すると、回収班にいた馬車の専属メンテナンスを請け負っている技師が、テイムのやり方を教えてくれた。

「その仔狼を飼い慣らそうって？　やり方なら知ってるよ。ただ、普通の人はどうかな。魔力が続かないんだ。でも一応、聞いておくかい」

やり方は簡単。獣が子供のうちに飼い主との間で魔力回路を形成してやればいいらしい。そのためには他の魔力の干渉のないところで一昼夜、魔力を与え続ければいいとのこと。

とはいえ、魔力を維持し続けるのは普通の人には難しい。

だから、テイムできる人は魔法を普段から使っていてＭＰに余裕がある人が多い。リキオーのような純然たる戦士系ジョブではやる人はそういないらしい。

（維持できそうだけどな。そういえばこの討伐行でかなり経験値ウマウマだったんじゃないか。レベル上がってるよな。確認してみよう……ステータスっと）

ぴろっとステータス画面を出す。

ステータス -STATUS- CLOSE

名前　：　リキオー（17）
クラス：　自由人
レベル：　26

LP 62　HP 152　MP 64

力　：51　　耐久：38
器用：42　　敏捷：22
知力：17　　精神：17
運　：19

ボーナスポイント：10

ステータス -STATUS- CLOSE

■ジョブスキル

【両手刀（b）】

■ウェポンスキル

【刀技必殺之壱・疾風（c）】

【刀技必殺之弐・導火（c）】

■アクティブスキル

【投擲（c）】【明鏡止水（c）】

【生活魔法（s）】【弓術（c）】

■パッシブスキル

【受け流し（d）】【見切り（c）】

【鑑定（c）】【翻訳（a）】

【鷹の目（c）】【警戒（c）】

New!!

レベル上がりました「19→26」

（おおっ、すげっ、レベル26！　一気に7も上がってる。しかもいつの間にか【刀技必殺之弐・導火】を覚えてたのか。てゆーか【生活魔法（s）】って何よ?）

普通にレベル上げしているだけではランク（s）なんて絶対に無理である。

リキオーのようにランク（c）から（s）になるには、血を吐くような努力が必要だ。それが外で生活魔法を練習しただけで上がってしまったとなると、かなり異常な事態だった。

これは、生活魔法をアレンジして、新しい技を生みだしたことが影響していた。もっとも本人は、ランクが上がってラッキー、ぐらいにしか考えていないのだが……。

スキルポイントで取得するスキルは、いろいろ悩んだが、【峰打ち】と【心眼】を取ることにした。

【峰打ち】は武器を持っていることが前提条件の技だ。刀の背で敵を打ち据えてスタンさせるので行動阻害効果があるし、同時に武器を落とさせる武器装備解除効果も確率は低いが一応備えている。

【心眼】は分身を作り、攻撃を避ける技で、これぞ侍の真価という代表的なスキルである。これがあればウェポンスキルの発動後の硬直という侍最大の弱点をカバーできる。

スキルの取得を終えると、仔狼のことが心配になりはじめた。

この仔狼、テイムするにしても宿屋はペット禁止だったら、家を借りる必要が出てくるかもしれない。そう考えテンションを落とすリキオー。宿屋のオヤジの作る食事が気に入っていたのだ。

しばらくすると、マッドホーンとスカーウルフの解体が終わったらしい。

マッドホーンはツノがとくに高価なので戦闘で欠けてしまうのは避けたい部位なのだが、そこが弱点になっていて壊したほうが倒しやすいという困った魔物でもある。

今回はリキオーの対魔武器のせいで毛皮はだいぶ損耗したが、肝心のツノが大分残っていたため、かなりの高報酬が望めるらしい。また、スカーウルフの牙も高額報酬につながるアイテムである。

解体は最後に魔石を取り除くことが重要だ。魔物の体は魔石によって維持されており、魔力の供給が途絶えた時点で魔物の魂とは無関係の魔石という形として世界に認められ、存在が固定される。

逆に、先に魔石を抜き取ってしまうと素材が回収できず崩れ去ってしまうのだ。

討伐行における最大の収穫物はやはり魔石ということになる。とくに巨大なモンスターの魔石は大きくなるのですごい額で取引される。実際、このマッドホーンの魔石も今までにないほど巨大なものだったらしい。

ちなみに魔石は、この世界では普通に誰もが使うもので、主な使用法は電池みたいな用途である。灯りはその顕著な例で、王都では街灯のエネルギー源として使われてるぐらいだ。大きなものだと船の動力としても用いられる。普通の家庭でも魔力を与えると光る石による照明が当たり前に普及している。


代表として討伐行に出た者が誰も欠けることなく戻ってきたというので、ユシュト村はちょっとしたお祭り騒ぎになっていた。

ユシュト村のギルドも、いつもより賑やかである。

リティナが満面の笑顔で出迎えてくれた。

「おかえりなさい、リキオーくん。無事戻ってきてくれて嬉しいわ」

「ありがとうございます。何とか生きて帰ってきました」

「すごいわ。大きなマッドホーンをほとんど一人で倒したらしいじゃない。やっぱり、リキオーくんはとても強かったのね」

「はあ、装備が良かったんですよ。相性も良かったのかも」

「ウフフッ、もっと自信を持っていいことを、あなたはやり遂げたのよ」

そんなふうに持ち上げられてもリキオーにはあまり実感がなかった。

リキオーはとにかく、さっさと仔狼のテイムに取りかかりたかった。

周りが楽しそうなのでその気分に水を差すのは悪い。ギルドをそっと出て宿屋に向かった。


「よう、無事戻ってきたな」

「オヤジさん。ええ、なんとか乗り切りましたよ」

「くっくっくっ、お前はいつもと変わんねえなあ。今日ぐらいはハメ外してもいいんだぜ」

宿屋の髭おやじは、からかい甲斐のないリキオーのいつもの表情を、面白そうに笑っていた。少しは新人から脱却したように見えたのかもしれない。

「そうだ、オヤジさん。この宿ってペットの持ち込みはいいの？　狼とか」

「いや、ダメだな。臭いが付いちまうといろいろ困るからな」

「わかりました。仕方がないな」

「ん？　その手に持ってるのは何だ」

「ああ、森で仔狼拾ったんでテイムしようと思ってたんだけど、この宿じゃダメなら他を当たりますよ」

オヤジは仔狼を見ると渋い顔をした。

獣というのは実際のところ、それを嫌う人が少なからずいるのだ。客商売の宿としては敬遠したいのは当たり前だ。

「仕方ねえな、せっかく無事戻ってきたのに追い出すわけにもいかねえ。当分の間なら裏庭に置いといてもいいぜ」

「すみません」

やっと部屋に戻ってきて一人きりになると、懐から仔狼を取りだした。

そして、その頭にそっと手をかざして魔力を込める。変化はすぐに起こった。

今まで鳴いているだけだった仔狼が鳴くのをやめて、頭をリキオーの頭にピッタリとくっつけたのだ。リキオーはできるだけ楽な姿勢で、魔力の供給を続けた。

（ぐあ、これ思ったよりも面倒だ）

そのうち腕の感覚がなくなり、代わりに自分とその小さな命が繋がっている感覚が伝わってきた。不思議な感覚だ。

（お、こいつと俺、今繋がってるんだ。俺の命がこいつの中に流れ込んでいく……）

今までに味わったことのない世界との繋がりが意識される。

自分を定義するものが曖昧になっていく感覚。

それは一種のトランス状態で、今もし、リキオーの姿を見る者がいたら驚いただろう。リキオーの輪郭が薄れてぼんやりと光っていたのだから。

そして、ハッと覚醒した。

痺れ切った腕の中ではモフモフとした仔狼が眠っている。

「おお！」

さっきまで、未熟児のように弱々しい存在だったが、いまは真っ白い産毛《うぶげ》に包まれてすでに狼の顔形なのだ。

そして、その仔狼が目を覚ますと、きょとんとした顔でリキオーを見上げた。

「くぅン？」

クリクリした目でリキオーを見上げる仔狼。頭から鼻筋にかけての毛並みに青い筋が一線入っている。

「疾風《ハヤテ》。ああ、お前の名前はハヤテだ」

ふと、リキオーの頭に浮かんだイメージをそのまま名前にした。

「ハヤテ」と命名された仔狼はそれが自分の名前だとわかったようで、リキオーの手に頭をこすりつけて目を細めていた。

12　祭りは明けて

リキオーは、ハヤテを懐に抱えて宿屋一階に下りていった。

カウンター席に腰を下ろして食事を頼むと、オヤジが懐のハヤテに気づいた。

「おう、リキオー、その懐のは昨日の奴か」

「ああ、なんかテイムしたら一気にこんな形になった」

ハヤテがリキオーの懐から顔だけを出して、食堂の中をキョロキョロと見回す。

昨日、オヤジに見せた時は弱々しかったのに、一晩明けただけでいっちょまえの仔狼になっている。

オヤジは、仔狼の成長に驚きながら、リキオーに話しかけた。

「すごいな……。そういえば、宿の代金、そろそろ期限だから考えておいてくれや」

「ああ、やっぱり、こいつのこともあるからどっか家借りるよ」

「そうだな。狼じゃさすがに客商売には無理があるからな。まあ、メシ食いたくなったらいつでも来いや」

「ああ」

リキオーはオヤジの食事を食べ終えると、その足でギルドへ向かった。

ギルドホールは、討伐行の祝杯で酔い潰れた冒険者たち、ギルドの職員たちで死屍累々《ししるいるい》の有り様であった。其処此処《そこここ》から二日酔いのうめき声が聞こえてくる。

そんな環境でも、受付嬢のリティナは普通に仕事をしていた。

彼女はリキオーを目にすると声をかけた。

「おはよー、リキオーくん」

「リティナさん、今日は早番ですか」

「っていうか、今日はギルドは開店休業中みたいなものだし。昼も夜もないわよ」

リティナはカウンター回りに撃沈している男たちを見回してお手上げのポーズだ。

「そういえば、今回の報酬の件だけど、一時金はもう決まっているの」

「一時金？」

「あのね、魔石の大きいの取って来たでしょう。あれは王都のオークションで売られるんだけど、その決済にかなり時間がかかるのよ。だから一時金が出るの、銀貨五百枚よ。みんなそれぞれにね」

一時金で銀貨五百枚と聞いても、リキオーにはとくに感動もない。

仏頂面《ぶっちょうづら》で淡々とリアクションする。

「へー、すごいですね」

「あまり驚いていないわね」

リティナは艶っぽい笑い声を立てる。

「あと、キミのギルドランクが上がるわよ。今回のクエストはC級だったから、それに見合うようにCにね。本当にすごいよ、リキオーくん」

リティナは悪戯っぽく微笑んだが、リキオーはわずかに眉を寄せた。彼は、ギルドランクが上がることをあまり好ましく思っていないのだ。

Fクラスなら薬草を収穫するクエストをしていても身分相応だが、Cともなればそうもいかない。それに、ある程度ランクが上がった冒険者というのはパーティで囲い込まれるものと相場が決まっている。

要は、あまり悪目立ちしたくなかったのだ。

そう考えて困った顔をしていたリキオー。その懐からハヤテが顔を出す。

ハヤテが「ハヒュハア～」とへんな欠伸をすると、カウンターに頬杖を突いていたリティナは、急に目を点にして表情をフリーズさせた。

「えっ、な、何？　リキオーくん、その可愛いの。抱かせて！」

リキオーはハヤテをリティナに預けた。リティナが悲鳴のような声を上げる。

「かわいぃ～。この子、名前は？」

「ハヤテです」

リティナはハヤテを抱きしめ、いつものクールな顔を崩してハスハスしている。

ハヤテは、抱き寄せられて苦しいのか、リキオーを振り返り手足をバタバタさせたが、リキオーが目線でハヤテに「諦めろ」と伝えると、だらんとして抵抗を諦めた。

「ふぅん、この子と繋がっているんだ。テイムに成功したのね」

「ええ、それでですね、もう宿屋にいられないから、どこか家を貸してくれるところないですかね」

リティナは仔狼の抱き心地を心ゆくまで堪能してから、リキオーに返した。仔狼は彼の懐に潜り込み、再び顔だけ出してハフハフと息をする。

彼女は自分以外の他の存在に関心を移したリキオーを微笑ましく見つめていた。

「な、何です？　そんな目で見られたら、その気になっちゃいますよ」

「なーんでもない。キミも少しは成長したって見直してたの」

「なんですか、それは……」

美人に意味深な眼差しで見つめられ、リキオーは心臓をばっくんばっくんさせて、あらぬ方向に目を逸らした。

「ウフッ、リキオーくん、自分のギルドランクより、その子のほうにご執心なのね」

「まあ、ランクはクエストをこなしてれば上がりますし」

「いいわ、家の件だけど冒険者ギルドじゃなくて、商業ギルドに頼むといいわよ。もうリキオーくんもCランクだし、今ちょっとした有名人だし、融通してくれるはずよ」

リティナはいろいろと入り用になるはずのリキオーを察して、一時金の処理をすぐに済ませてくれた。これで一人住まいのために買い物をしても問題ない。

「ありがとうございます。行ってみます」

気さくに、バイバイと手を振って笑うリティナを残してギルドを後にすると、リキオーは教えてもらったとおりに商業ギルドを目指して通りを進んだ。

13　落ち着ける場所

指定された場所には、冒険者ギルドと同じような作りの建物があった。

観音開きのドアをくぐると、バーカウンターにいたフード姿の男が話しかけてきた。

「おや、英雄様のご来店ですね。いらっしゃいませ、本日はどういったご用件でしょう。こちらは商業ギルド、ユシュト支店でございます。私は支店長のラースと申します」

男は、立て板に水とばかりにさらさらと話し切った。

リキオーは「英雄」という言葉の響きに少しムカッとしたが、笑顔を作って説明する。

「実は、こいつをテイムしたら宿屋にいられなくなっちゃって。どこか借りられるところ探してるんだけど」

リキオーはハヤテを指差す。

「テイムですね。なるほど。少々、お待ちください」

ラースは、壁にいくつも貼ってある小さな板切れを捲ってはまた別のものを、という具合に何かを探していた。しばらくして、そのうちの一つをじーっと見はじめたが、リキオーには何をしているのかサッパリわからなかった。

「テイムされたペットを飼ってらっしゃるお客様用のお宅となりますと、ご近所との距離や広い庭があったほうが何かと都合が良かったりするんですよ」

待っているリキオーが不審げな視線を向けてくるのに気づいたのか、ラースは言い訳めいた発言をした。

「いや、とりあえず雨露がしのげれば、そんな条件はいらないんだ」

「そうは仰っても後で問題が出て、訴えられては困りますので」

「じゃあ、庭は大きくなくていい。街の出入口に近ければなお結構、それで後はそちらの言い分を聞く形で頼むよ」

「はい、ではそのように、と。ちょうどいい物件がございますよ。今から、直接行ってご覧になりますか」

「ああ」

「はい、承知しました。少々お待ちください」

ラースは、店の奥から何か大きなカバンを抱えて出てきた。

店番は猫の獣人に任せるようだ。

「お待たせしました。では、参りましょう」

リキオーはラースの後について歩いていった。

通りを進むごとに住民の層が変わっていくのがわかった。住居や隣家との仕切り壁の有無で貧富の差が見て取れるのだ。

出入口に近いほうが画一的な構造で白い壁が多く、隣家との仕切りはない。

通りを遡《さかのぼ》るに従って緑が増え、壁が高くなっていく。

「ところで家賃っていくらぐらいなの？」

「はい、いろいろございますよ。月極とか半年ごととか、支払いは年次契約が便利ですよ。もし懐に余裕がお有りでしたら、ご購入されてしまうというのもひとつの手かと」

「これから行くところは？」

「はい、さる方の別宅として商業地区に作られたのですが、王都に出店なさるので引き払われたという物件でございまして。お店としては使えません。住む分には問題はないといったものです。お家賃のほうは月極で銀貨十五枚からとなっております、はい」

正直高いのか安いのかよくわからなかった。

この前の薬草採取でもらった報酬が銀貨十枚ぐらいだ。

しかし、商家の別宅というぐらいだし訳ありなのかもしれない。

討伐行の一時金だけで銀貨五百枚というし、懐に問題はない。

通りを進み路地を進んだ先に、白い土壁に囲まれた正方形の白い建物があった。

「こちらでございます。いまカギを開けますので」

ラースが鞄から取りだした直方体のクリスタルを、門に刻まれた六芒星《ろくぼうせい》のマークにかざすと、門がカチャリと静かな音を立てて開いた。

「ほう、それがカギなんだ。便利だな」

「ええ、王都で開発された魔法具でして、門を閉じますと侵入者よけの結界も張ってくれる優れ物でございます」

門の中に入ると少し淀《よど》んだ気配がした。そこで、リキオーは破魔弓を取りだして弦を指で弾いてみる。ビーン、ビーンとギターのような音が響き渡り、リキオーの立っているところから清浄な気が広がっていった。

「お、おお、さすがリキオー様、留守が長い家にはこうして悪いものが淀むものでございますが、それを祓《はら》うのは難しいものですのに、一発でなさってしまうとは」

ラースは驚きの表情でリキオーを見つめ、拝みだした。

リキオーは、どうせひとつところに定住する気はないので、他を見るのも面倒だしと、すでに即決モードに入っていた。

「ここでいい。すぐに契約してくれ」

「は？　いえ、まだ他にいい物件がございますよ。このような悪いものが淀む物件など、大切なお客様にはお薦めできません、はい」

「いや、ここでいい。気に入った」

「まだ内見もしてませんのに……。せっかちでございますね。お客様がそうおっしゃるなら仕方がありませんな。こちらが契約書になります。サインをお願いします」

薦められないと言いながら契約書を差し出すあたり、ちゃっかりしている。ペンを借りて指定された欄にサインすると、ラースは鞄から精算用の台座のついた水晶球を、リキオーの腕輪にかざした。

「はい、これで契約完了でございます。家具などがご入り用の場合も、私どもにお任せください」

「ああ、そうだな。中を見て必要な家具とかあったら言うから、見繕ってくれないか」

「わかりました」

契約を済ませ、リキオーはさらに中へ進んだ。

門の近くには厩舎《きゅうしゃ》らしき木造の小屋があり、左手の二階建ての白い漆喰《しっくい》の建物が主屋《おもや》。

主屋の正面には観音開きのドアがあり、一階はメインホールになっていて奥に小さな扉が二つあった。一方が厨房と水回り、もう一方がトイレだ。

厨房には裏庭に続くドアがあり、その先の敷地の角に井戸が掘ってある。

一階のメインホールから二階へと至る階段を上っていくと、部屋が四つあった。

「お入り用の品はお決まりになりましたか？」

「ああ、大体な。とりあえず、下のホール用に四人がけのテーブルと椅子も四脚頼む。あと、調度品を収めるのに向いてる棚もな。引きだしが多いと助かる」

ラースがリキオーの言うことを逐一、羊皮紙に記帳していく。そんな感じで頼みまくっていると、あっという間に銀貨十枚ほどが吹っ飛んでいったが、リキオーにはそもそも金銭感覚がわからないのでお任せだ。

ちなみにラースに言うには、ベッド一つで銅貨百枚だとか。

宿代十日分とかちょっと高くないかとさらに聞いてみると、ふかふかで寝心地抜群らしい。そう言われたら、頷くしかなかった。

宿屋のベッドも、以前イリヤの家に泊まった時もベッドは硬かった。

そのときは別段、寝心地を気にしなかったのだが。

「リキオー様、このたびはご契約、ありがとうございます。家具はすぐに業者に運ばせますので、しばらくしたら、商業ギルドのほうにおいでいただけますか。そのときに契約書の複写したものとカギをお渡しいたしますので」

「ああ、頼む」

門の前で深々と頭を下げているラースを後に、その場を去る。用事もないので、ブラブラと通りを歩いていたら腹が減ってきて、宿屋に行ってオヤジさんに食事を作ってもらうことにした。

14　小休止

宿屋に顔を出すと、オヤジのほうから声をかけてきた。

何が楽しいのか、リキオーを見てニヤニヤしているのが不気味だ。

「よう、リキオー、新居は決まったか」

「ああ、何とかね」

「これを機会に嫁さんでももらっちまったらどうだ、ん？」

「ぶっ！　な、何を言い出すんだよ、オヤジ」

オヤジは笑いながら、いつもの黒パンとスープを差し出す。

「男の一人住まいなんて味気ないだろうが。毎回、ここに食いに来てもらうのはありがてぇがな」

「う～む。たしかになあ。嫁さんはともかくとして、自分で作るのなんて考えられないしな」

リキオーは現代日本にいたときも、料理なんてしたことがなかった。

引っ越すにあたって、一応、調理器具はラースに注文して揃えさせたものの、それを使うのは考えられない。

また、他にもこれから一人では心細いことがある。例えばパーティ戦闘。先日の討伐行での戦い方を見ても、戦士の自分を後方で支える魔法支援職がいれば、格段に緊急時の対処能力が上がる。

これからのことを考えると背中を預けられる仲間が必要になってくるかもしれない。

とはいえ、当面は一人での戦いを強いられるだろう。そのため、リキオー自身の強化が急務であった。

そう考えリキオーは武器屋に向かうことにした。残量が厳しくなってきた弓矢の補給ができないかと思ったのだ。

今使っている鏑矢《かぶらや》は、先端の鏃《やじり》部分に細工が施された工芸品のようなものだ。これほどのものが簡単に手に入るのだろうか。専門家に聞いてみないと何とも言えない。

看板に剣の意匠の絵がついた店に入った。

前回来たときに、若いチャラ男が店番をしていた武器屋である。

入ってすぐに店主らしきオヤジに声をかけられる。

「ん？　客かい？　あんた。面白い格好してるな。戦士か？」

「たしかに戦士ですが」

「ほう、なかなかの業物《わざもの》を差してるじゃねーか。ちょっと見せてくれ」

リキオーは腰に差していた正宗を、鞘ごと手渡した。

店主は、鞘から刀身を抜くと上に向けて輝く刃紋を見た。

「こいつはすげぇ。超一流の職人の作だな。間違いなく名刀だ。いや、ありがとよ。いいもん見せてもらったわ」

店主は顔を綻ばせて、リキオーに正宗を返した。

「ああ、すまん。俺の名はザメギ。武器屋だが鍛冶屋もやっとる。それであんたの用は？」

「店番という青年に会ったんだけど、欲しいものが手に入らなかったので」

ザメギは笑った。

「あんたが会ったのはうちの息子だな。あれは向いてない奴でな。で、欲しいものって何かね」

リキオーは懐から鏑矢《かぶらや》を出して差しだした。

差し出された鏑矢を受け取ったザメギは、真剣な表情で先端のY字に開いた独特の形状と、その後方にある少し膨らんだパーツを鋭い視線で見つめた。そして、矢尻の形を見据えた。最後に全体の形状をたしかめるとリキオーに無言で返す。

「これは魔具だ。この辺じゃこんな物作れる奴はいないよ。そうさな、王都にならいるかもしれん。いいもん見せてもらった礼だ。紹介状を書いてやる」

「そうですか、やっぱり無理でしたか。これは前から……自分の国から持ってきたものなんですが、考えなしにばんばん使ってしまって在庫が怪しいもので、購入できないかと思ったのですが」

それを聞いて、ザメギは思い至った。

「そうか、あんたかい、マッドホーンを一人で倒したって噂の戦士は。なるほど。そりゃ納得だ」

ザメギは眼鏡をかけて、さらさらっと木札に書きつけると、それをリキオーに手渡した。

「フフッ、商売にはならなかったが面白いもの見せてもらったからな。また鍛冶の腕が必要なら寄ってくれ」

ザメギの元を離れた後は、商業ギルドに立ち寄ってカギを受け取り、引っ越した新居に向かった。

クリスタルでできた小さなカギの棒を門扉《もんぴ》の六芒星マークにかざすと、カチリと音がして門のロックが外れた。

（このカギ、かっちょええな！　クセになりそう）

中に入ると厩舎の脇から敷地の奥に向かった。

まず、井戸の蓋を開け釣瓶《つるべ》を落とし、水桶を引き上げて、足元に置かれたタライに水を空けた。

水の音を聞いたハヤテが起きて、リキオーの懐から這い出る。

リキオーが手で支えて下ろしてやると、タライの水をぴちゃぴちゃと舐めるように飲みはじめた。

「俺は、屋内を見てくるから」

リキオーの言葉に、ハヤテはわかったというふうにしっぽを振った。

軽く撫でてやってから、部屋へ向かう。

ちなみに、リキオーとハヤテは魔力回路で常時繋がっているので、リキオーはハヤテの行動が大体わかるようになっている。

まずはキッチン周りを見にいく。

ここには不思議な装置が置かれている。握りこぶしほどの魔石の入っている穴があり、その上にコンロのような物が突きだしていて鍋を支える形だ。コンロの部分に魔力回路が通っていて、生活魔法で起こした火を下に入っている魔石の魔力で維持できるのだ。しかも、火力も自由自在！　魔石文明恐るべしである。

次いで、メインフロアを見る。

購入した四人がけのテーブルセットなのだが、肘掛けつきの椅子とかテーブルの足に刻まれた彫刻とか、少し装飾過多な気がしないでもない。とりあえず普通に使えるので良しとする。

壁際には調度品を入れる棚が置いてある。これも見た目は立派な作りだ。二階へと上がる階段の下にはソファが置かれている。いつの間に移動したのか、ハヤテがその真ん中でゴロゴロしていた。時折、リキオーを見てドヤ顔をしてくるのが可愛い。

そのまま階段を上がり二階へ行く。そこには小さな窓際の広間があり、小さめのテーブルセットが置かれていた。窓は全て全開にすると、爽やかな風が滑り込んでくる。

窓を開け放ったまま、奥の部屋を覗いた。

部屋は四つあるのだが、三つは同じ作りをしていて最後の一室だけ大きめだ。そこにはデスクセットとベッドが置かれ、ベッドにはすべて天蓋が着いていた……。

（うわ、お姫様ベッド！）

買ってしまったものは仕方がない。奥の広い部屋だけ自分用にして、天蓋は外させてもらった。

「あと、小物も欲しいな。クッションとか、生活用具、いろいろあるだろ。あとで商業ギルドに行くか……」

一人では広すぎる我が家ではあるが、誰にも気兼ねすることなく過ごせる場所ができて、とりあえずホッと一息ついた。

そこへまだ足元も覚束《おぼつか》ないハヤテがのそのそとやって来て、リキオーの隣に丸まって一緒に寝た。

15 地味な欲望

リキオーは自宅の中身を充実させるべく商業ギルドに来ていた。昨日までヨタヨタ歩きだったハヤテはもう歩き方がしっかりしており、リキオーの足元でじゃれついてくる。

ハヤテは成長が早い。もうそろそろ乳児期を脱しそうだ。

「あれ、お客様ダーッ！」

商業ギルドにやってきたリキオーはドアを開けたとたん、猫型獣人の少女に大声を出されてビクッとした。

「いらっしゃいませなのダーッ！」

猫型獣人は耳をピコピコ動かして、リキオーとその足元でビクッとなったハヤテを見下ろしている。

「えっと、用件いいかな」

少し戸惑いながらリキオーは問いかける。

眼の前にいる相手にまともな話が通じるのかと、一抹の不安を抱きながら。

「はい、ど〜ぞなのでーすニャー」

口調が少し落ち着いたことに安堵しながら、カウンターにある席に座る。

猫型獣人の種族の名前はミャーティアというらしい。

ちなみに、この世界には、他にも狐型や狼、トカゲの獣人などがいる。これらの獣人は好戦的かどうかの違いはあるが、概して友好的な種族である。

「えっと、昨日、ラースさんから家を借りたリキオーという者なんだけど、家具の他にも欲しいものがあってね」

「はいニャー」

(あ、やっぱし語尾ニャーなんだ。最初の時の「ダーッ！」は何だったんだ)

困惑しつつも話を進める。

「実は風呂桶を作って欲しいんですが、腕のいい大工さん紹介してくれませんか」

「ん？　フローケーって何ですニャー？　聞いたことないニャー」

「ああ、えっと、汗掻いたときに水浴びってしますよね。いや、温泉ってわかります？」

「ますますわからんニャー」

相談する相手を間違えた。猫が風呂を嫌がるように、猫型獣人もダメかもしれない。

店番の猫さんは、愛らしい顔に疑問符をたくさん浮かべて困っているようだった。

「えっと、ですね、人が入れるようになっている木でできた箱みたいなのを作って欲しいんですよ。そこにお湯をためて、つかると気持ちいいんです」

「ほ〜う、そんなものがあるのですニャー。知らなかったのですニャー」

「まあ、たしかに見てみないとわからないかもしれませんね。そういうものを作れる方って知りませんか」

「ちょっと、待つニャー」

ミャーティアの店番さんは、カウンターの奥にかけてある木札を探しはじめた。しばらく、カウンターの奥でばたんばたんと何かを引っ掻き回し、やがて戻ってきた。手には何かの台帳のようなものを抱いている。

「こちらのギルドでご紹介できるのは、大工の棟梁になりますニャー」

「おお。どちらに行けば会えますか」

抱えている資料を覗きこむたびに長いヒゲがぴこぴこと動くのが愛らしい。ハヤテはリキオーの足に格闘を仕掛けている。ハヤテを蹴飛ばさないようにじゃれてやりながら店番猫さんを見た。

「棟梁の仕事場は、郊外の作業場になりますニャー。今、村の拡張計画があって棟梁はそこで責任者になっておりますニャー」

「ふぅむ、拡張計画のお仕事は長いんですかね」

「はいにゃ。もう二年目に入っておりますニャー」

「それでは、こんなわけわからない依頼をするわけにもいきませんね」

「棟梁の作業場には弟子の皆さんもおりますニャー。村であそこが壊れたー、あっち直してーなんて依頼は弟子さんたちのお仕事ですニャー。ダメ元で頼んでみるのはいかがでしょうニャー？」

というわけでミャーティアの店番さんに、簡単な地図を木片の切れっ端に書いてもらい、大工の棟梁の元へ向かうことにした。

この村の通りは大きく三つに分かれる。

村の出入口に近い方の通りからメインストリート、セカンドストリート、サードストリートで、それぞれ商業区、工業区、住宅区とおおまかに区切られている。

今向かっている大工の棟梁の作業場は、工業区のセカンドストリートの真ん中あたりに位置していた。

「しかし、大雑把すぎる、この地図……。ミャーティアの脳みそは空っぽなのか……」

汗を掻きながら天気のいい午後の街を歩く。

店番のミャーティアに渡された木片に書かれている通りに歩いてきた場所は木工所のようだ。無垢の白い木肌を晒した木材が並んでいる。

「ここか……。本当にあっているか。こんにちは」

丸刈りで上半身裸の少年が出てきた。

腰に刀を差したリキオーの姿を見て驚いている。

「あれ、戦士様ですかい。ここは大工しかいませんけど、何かご用ですかい？」

「ああ、いや、ちょっと作ってほしいものがあってね。それで寄ったんだよ」

「何か武器とかですか？」

「いや、風呂桶をね……。って風呂桶ってわかる？」

「聞いたことないっすねぇ。おい、おめーら、知ってんか？」

「いや、わかんねぇ」

「それができるとね、仕事から帰ってきたあとなんか、すごく気持ちいいんだよ」

リキオーはそう言って、風呂の素晴らしさを力説した。

すると、作業場の少年たちは食いついてきた。小僧たちは何かを企んでいるようで、リキオーを前にしてゴニョゴニョと相談して、しばらくするとリキオーに向き直った。

「あの。戦士様、それでき上がったら、ウチの棟梁にも使わせて欲しいッス」

「ああ、いいよ」

「うしッ」

何やら勝手に盛り上がっているようだが、協力してくれるというのなら否やはない。

しかし、この世界には今までにないものらしいので、一から作らねばならないようだ。

最初は風呂桶だけ作ってもらう予定だったのだが、話し合っている間に彼らがあれもこれもと欲張るので、物が大きくなりそうなのが悩ましいところだ。

リキオーは仕事場の作業台に転がっていた木片に墨で絵を描いて、大体の素案をまとめた。

「リキオーさん、水ためて湯を沸かすんですよね、これだと、それはどうやるんです？」

「そうか、すまん。俺は生活魔法でお湯が沸かせるんだが、他の人には通じないよな」

「すっげぇ！　さすが冒険者は違いますね！」

リキオーは冷や汗を掻きながら別の絵を書いた。いわゆる五右衛門風呂である。

「簡単にいえば、鍋でお湯を沸かしてその中に人が入る感じかな。そのまま入ると足が焼けちゃうから、でっかい鍋の底に板を沈めておくんだ」

「はあ、なるほど。要はこのフロって箱の中にお湯がたまればいいんですよね」

一人が何か考えついたようで、いろいろ図面を描きはじめた。

構造に関する詳しいところは彼らに任せて、リキオーは風呂回りの施設について描きはじめた。

ちなみに場所はリキオーの家の敷地内にある厩舎を改造する予定だ。

借家なのに改造してしまって問題ないのかは全く考慮していないリキオーだった。

16　商魂たくましく

敷地の一部にある建物を改修することについて、最初ラースはいい顔をしなかったのだが、リキオーが風呂について説明すると表情を一変させた。

さらに、リキオーのアイディアに商売の種を見つけたようで、契約書を作ると言いだしたのだ。

リキオーは鍛冶屋に赴いて、いくつかの部品を作ってもらい、それを井戸場で組み立てた。いちいち釣瓶落としで水桶を引き上げているのでは面倒だと考え、手漕ぎポンプも考えた。

リキオーは中学生の頃、よく図書館に出掛けては、建物や機械の構造を描いた図鑑を好んで読んでいた。蒸気機関、車のエンジンの構造などどれも興味深く、今でも大まかな仕組みを思いだすことができる。もともとリキオーは、こうした発明が得意だったのかもしれない。

「戦士のあんちゃんよ。本当にできんのかい？」

「まあ見ててくださいよ」

訝《いぶか》しみながら見つめる鍛冶屋のオヤジにリキオーは笑いかける。ちなみに、オヤジにはわざわざリキオーの新居まで出張して来てもらっていた。

組み立て終わったので、試しに動かしてみる。

作った水管を井戸に固定し、ポンプを設置する。そして呼び水で満たし、ポンプ上部のレバーをコキコキと音を立てて上下に動かしていくと、最初は呼び水が排出された。

その後、失敗かなあと冷や汗を掻きはじめた頃、ドッドッと井戸の水がポンプの排出口から吐き出されてきた。

「おお、やったな、あんちゃん」

「ええ、まあ、成功するとは思ってましたけどね」

「フフッ、面白い仕事だったぜ。また、何かあったら言ってきていいぜ。優先して作ってやる」

すぐに、ポンプの噂を聞きつけたラースがやって来た。

特許料の申請書を作って、鍛冶ギルドと組んで専売特許にすると息巻いている。

さらに二人の背後では、厩舎を改造した風呂が完成しつつあった。

大工の棟梁の弟子たちは、リキオーが初めに考えていた構想を完全に実現していたのだ。

(最悪、五右衛門風呂でもよかったんだけどねえ。すごい物ができたよ)

リキオーは感涙していた。

井戸からポンプで組み上げた水を沸かし、浴槽にためる仕組みができ、外観も元が厩舎だった面影はない。それは現代日本でも失われつつある木造の風呂だ。

その後、リキオーの作った風呂は評判となり、村の共同浴場も作られることになった。

また、リキオーは、水を再利用する仕組みとして、濾過《ろか》装置のアイディアも出した。

ちなみに、棟梁の弟子たちは彼らの師匠に恩返しができたらしい。

リキオーは案を出しただけで、しかも仕事を頼んだだけなのに、ものすごく感謝された。

＊＊＊

「しかし、なんでこーなった……」

リキオーは主屋のメインフロアの片隅で現実逃避していた。

背中には柔らかなものが押しつけられ、耳元には背筋がゾクゾクするような吐息が吹きかけられる。

新居祝いと称して、冒険者ギルドの面々が押しかけてきたのだ。

ギルドオーナーのバルド、午前シフトと午後シフトの受付嬢である通称AM・PMコンビ、そして宿屋の親父ムウサまで風呂を堪能しに来ていた。

「ウフフッ、リキオーくん、お風呂いいねっ。今度、広場の近くにも作られるんでしょ。もう、いくら儲けたのよ、このっこのっ」

リティナは酔っているのかリキオーに絡んでくる。リキオーの背中に柔らかいものを押しつけていたのが彼女である。

名前のわからなかった午前中シフトの受付嬢は、アラベルという名前で十七歳ということがわかった。彼女はハヤテにメロメロで、階段下のソファでごろごろしてはデヘヘーと笑い声を上げてじゃれ合っている。

ムウサとバルドのオヤジコンビは、新居祝いと言って持ってきたはずの酒を勝手に開けて盛り上がっていた。風呂上がりに酒が入って、あっという間にでき上がってしまっている。

広場の端に共同浴場ができるまでは、皆ここに通ってくるつもりのようだ。

(勘弁して欲しい……)

リキオーは周りが騒がしい中、一人顔を青くして念仏を唱えていた。


翌日、リキオーが一番風呂を楽しんでいると、ラースがやってきた。

「おはようございます。リキオー様。先日はポンプの特許契約ありがとうございます。共同浴場のほうも順調のようで何よりでございますね。本日は不躾《ぶしつけ》なお願いがあり、お伺いさせていただきました」

「おはよ、ラースさん。話長くなりそうだったらなるべく手短にお願いします」

近頃は、クエストもせずに適当なものを作っては、なぜかそれが売れるということが何回もあり、冒険者という感じではなくなってきているリキオーだ。

メインフロアのふかふかソファに埋まるように座りながら、膝の上で寝そべっているハヤテを撫でる。ハヤテはすっかり乳児期を卒業して、やんちゃな成長期に入っていた。お陰で食費がすごいことになっている。

しかし、リキオーも早くモフモフとした毛並を堪能したいので、採算度外視で湯水のようにハヤテに金を使っていた。お陰で毛並みはツヤツヤだし、体重も重くなりつつある。そろそろ狩りの手伝いをさせてもいいかなと思っている。

「端的に言いますと、リキオー様、王都に行ってみませんか。手漕ぎポンプと共同浴場の特許料ですが、王都では現在、ブームが起きておりすごい勢いです。御存知の通り、ユシュト村にある我々の商業ギルドは支店にすぎませんが、王都の本店にいる幹部もリキオー様に一度お目通りをしたいと申しておりまして、王都までかかる経費を負担するとも言っております。もし、王都に関心がお有りでしたらチャンスかと思いますが」

（ああ、そういえば、鍛冶屋のオヤジさんに破魔弓で使う鏑矢《かぶらや》の作成で王都の鍛冶屋ギルドに紹介状書いてもらってたっけ）

たしかにチャンスではある。ユシュトもそこそこ大きな村であるが、少し高度なものになると手に入らない。この適度に田舎でワイルドな雰囲気が気に入っていることはたしかだが、腰を落ち着けるにはまだ早い。

「いいですよ。俺も王都に用事ありましたし。行けるとしたらいつ頃になりそうですか」

「はい、ご承諾頂けたようでありがとうございます。王都からの定期便が来週には参りますので、それに便乗して向かう形になりますが、よろしいでしょうか」

「ええ、いいですよ」

ラースはぺこぺこと愛想よく頭を下げて、特許料の詳細について書かれた木簡をリキオーに渡すと去っていった。木簡を見ていると、紙をどうやって作るのか、というふうに連想が広がっていく。

（そういえば、紙も欲しいよなあ。ああ、これはじめたらまた冒険者から離れちゃう。やべーな）

なまじ商業ギルドのラースと関わったばかりに、現代日本人であるリキオーから見たら、商売の種がゴロゴロしてるように見える。

リキオーは自宅を出ると、まず宿屋のオヤジのところに向かい、朝食をとった。

「おう、リキオー、昨日は楽しかったな。お前はすごいやつだな。そんな冒険者様と知り合いってだけで俺も鼻が高いぜ」

「まあ、広場にできたら毎日入れるようになるだろ」

「そうなったら毎日酒が美味くなるな！」

それを聞いて、リキオーは笑いながら黒パンに齧りついた。ハヤテは足元でリキオーの足に頭を載せてうずくまっていた。

17　野良パーティの難しさを知る

朝食を済ませたリキオーは、オヤジの宿屋を出る。

冒険者ギルドへと向かうと、早い時間なので午前の担当のアラベルがいた。

彼女はリキオーよりハヤテにご執心のようだ。視線がチラチラとハヤテのほうに流れている。

「リキオーさん、おはようございます。今日はクエスト受注ですか」

「薬草採取とかでいいんですが」

「あ、そうだ。リキオーさん、腕輪を貸していただけますか」

「はい？　どうぞ」

リキオーは不思議に思いながら腕輪をアラベルに渡す。

アラベルは奥へ引っ込むと、何やら、奥の人と話していたが、すぐに戻ってきた。

「この前の討伐行でリキオーさんのギルドランクがFからCになりましたので、腕輪を交換させていただきますね。今までFランクでしたので銅色だったんですが、Cランクだと銀色になります。預け額など一応、ご確認ください」

リキオーは受け取った銀色の腕輪を嵌《は》めると、カウンターに置かれた台座つきの水晶にかざした。ポンプやら風呂やらの特許で商業ギルドから入ってくる金もあり、預け額も金貨が二桁に迫りつつある。

「銅色が渋くて好きだったんですがね」

「ウフフッ、ランクがBやAになると金色になりますよ、楽しみですね」

楽しそうに話すアラベル。

実は、あんまりギルドランクを上げるのはリキオーの好みではない。今のように適当に小銭を稼いでいるぐらいが気楽でいいのだ。

「そうだ。先日の討伐行で気になったんですが、フリーの魔法系冒険者とパーティ組めますか？」

「うーん。このあたりじゃ難しいと思いますよ。ここは田舎ですからね。王都あたりでないとそういう方も集まってきませんし。それに魔法系冒険者って珍しいんですよ。魔法使いの方は学院の出身者で優秀ですから、引く手あまたですしね」

「学院？　魔法使いの養成機関みたいなとこですか」

リキオーは初めて聞く「学院」という単語に反応した。

ゲームの頃は普通にプレイヤーの魔法使いとパーティを組むなんて、ごく日常の風景だった。しかし、ユシュト村のギルドで屯しているのは、ガテン系の前衛冒険者ばかりだ。

「はい。王都にあるところで、その名も王立魔法協会と言うんですが、そこが学校もやっていまして、私たちは協会もひっくるめて学院と呼んでいます。法術士を養成するのが目的で、魔術ギルドがバックについています。学院で学ぶのは貴族の子弟が多いので、教育を終えるとそのままどこか名のある家に召し抱えられるのがほとんどなんです。実際、学院を出れば食いっぱぐれはありませんから」

「あのアルティオも、学院の出身なんですか？」

筋肉バカといった見た目のアルティオは、あれでも賢者だったはずだ。とても、学校を卒業したような知性を感じさせないが。

「彼は親が商家なので学院ではなく、教会の出身ですよ。彼も普段は名士様のお宅に召し抱えられていますし」

あの酒好き怠け者がそんな身分とは、というのがリキオーの印象だ。最悪、あんなのでもパーティ組めればと思っていたが、アテが外れた。

「なるほど、こりゃ大変だ」

うーむ、と考え込んでしまう。

この世界では意外と野良パーティを組むというのは大変らしい。

あるいはリキオーが知らないだけで、常識だったのだろうか。彼は『アルゲートオンライン』をはじめるときも、侍一択だったので、魔法使いの背景については詳しくない。

「あと、パーティメンバーを募るなら、奴隷を買うというのも一つの手ではありますけど……」

「えっ？　奴隷……って何ですか、魔法系ジョブと奴隷って結びつかないんですが」

ここまで説明を受けた魔法職は法術士と賢者だが、どちらも厳しい修業を受けた貴族の子弟や、商人の息子たちがなるものである。奴隷のような階級と、学校などの教育機関が結びつかないので、とても違和感がある。普通、学校というと金持ちが子どもに行かせるものという印象がある。奴隷のような卑しい身分の者に金をかけるというのは……。

「あんまりおおっぴらにできない話ですけど、人買いがエルフを攫《さら》ってくるんです。エルフは全員が精霊術士ですから」

アラベルはいかにも内緒の話とばかりに、身を屈めて囁くように話した。

リキオーは、熱心に彼女の話に耳を傾ける。

エルフの精霊術士を手に入れることができるなら、ワクワクせずにはいられないが。

「まあ、とんでもなく高い値段らしいですから、どっちみち縁がありませんよね」

彼女は気まずさを吹き飛ばすように空笑いを浮かべる。

リキオーはエルフの精霊術士を獲得する手段をぼんやりと考えながら、受付嬢にハヤテを預けた。

アラベルはまた壊れたように、ハヤテに抱きついてデヘヘーとダメになった。

リキオーは掲示板を眺め、そこに貼られていた薬草取得のクエストの張り紙を剥がして手続きを済ませると、メロメロになっている受付嬢からハヤテを取り戻して冒険者ギルドを出た。

「あーん、いっちゃやだぁ」

アラベルの壊れかけたような声にカフェの客たちがビックリして引いている。リキオーはそうした光景を横目に村の外に出て、森の奥に向かった。


人のいないところではマップ機能をフルに使って探索できるから楽である。前回、薬草を採取したあたりにマーキングしておいたので、薬草は簡単に見つかった。

ハヤテにはその辺で遊んでていいと言ってある。このあたりはまだ魔物が出るような森の深度でもないためハヤテでも安全だろう。と言ってもハヤテはそんなにリキオーの傍から離れることもなく、少しいないなと思ってもすぐに戻ってきて、また駆け出すということを繰り返している。

「わうっ、ウーッ」

さっそく、ハヤテはグラスラビットを見つけると飛びかかっていった。しかしあっさり逃げられ、また顔を出したグラスラビットと追いかけっこをはじめる。

時折、大きめの猪、ワーボアに出会い、逆に追いかけ回されたりしていた。危ないときはリキオーが処理してはいるが。

ハヤテも早く狩りを覚えて、スキルの一つでも覚えてくれないかという期待もある。狼系はスカーウルフのように【咆哮】を覚えるはずだから、狩りではかなり役に立ちそうだ。だが過度な成長はリキオーの目指すところではないので、ハヤテに無理をさせるつもりはなかった。

リキオーはハヤテを追っかけていたワーボアを処理し、その肉片に齧《かじ》りついているハヤテを眺めながら、さっき冒険者ギルドで最後に聞いたエルフのことを考えた。

やっぱりエルフという存在はこの世界にいるんだ、という感動と、精霊術士という頼もしい言葉の響きにニヤニヤしてしまう。

ゲームのときも種族としてエルフ、つまり希少種を選ぶプレイヤーは多くいた。

『アルゲートオンライン』には、人族、ミャーティアのような獣人、そしてそれとは別の種族の亜人、エルフ、そしてワラドという種族が存在した。

ワラドは北方に住む種族で彫刻や鍛冶、冶金《やきん》の技術に優れる。見た目は子供で中身は大人という稀有な特徴を持っていたので、ゲームの時もその愛らしさから多くのプレイヤーが選んでいた。ファンタジー系ゲームでいうところのドワーフに近い存在だ。

エルフは「森の人」という異名《いみょう》もとっているくらいで、滅多に森から出てこない。人族を見下しているとも言われている。男女とも美形でスタイルが良く、全員が精霊術士であることも特徴である。

（人攫いとか奴隷とかよくない……。それでも、エルフの精霊術士がどんな存在なのか、一度確認してみたいな）

エルフという存在に、心ときめかすリキオーであった。

18 王都観光

村の広場の隅に、棟梁とその弟子たちが共同浴場を作りはじめて早二週間。だいぶ骨組みはできてきたようだ。

リキオーの家の風呂に通っているリティナやアラベルたちは、前より美しさに磨きがかかったと評判だ。そんな噂を聞きつけて、村人たちがリキオーの家の風呂場にやってきてはダラダラしていく。リキオーはいっそ料金をふんだくろうかと思案中である。

今ユシュト村では、個人宅に風呂を作るのがブームになりつつある。

鍛冶屋のオヤジさんのところにも多くの仕事が舞い込んでいる。役に立たない、後は継がせないと言われていたチャラ男の息子まで駆りだして大忙しのてんてこ舞いだ。

それは当然、増築、改築を請け負う大工の棟梁たちも同様で、彼らも盛況を極めている。

風呂場のアイディアを商業ギルドに提供したおかげで、リキオーの元には、冒険に出なくても、特許料がガッポリ入ってくるようになっていた。


ある日、ついに王都から商業ギルドの定期便がユシュト村に到着した。

ラースが、リキオーを迎えに門の前へやってきた。

「リキオー様、王都から定期便が参りました。何か準備がございましたらお待ちしますが、よろしいでしょうか」

「少し待っててくれ。着替えてくるから」

「お待ちしています」

人に見られると困るので、部屋の中でメニュー画面からモードチェンジを行ってフル装備モードになった。学生服に運動靴、その上から具足類をつけた戦闘スタイルである。さらにローブも羽織った。

ラースのところまで戻ってくると、行程について尋ねた。

「ユシュト村を出ますと、ウェスバル村、サバル村、ドルトン村、イストバル村と走ります。今日の宿はイストバル村になります。明日はそこから、ホム村、エスタ村、と走りまして、リンドバル王都に到着する予定です」

「そうか、イストバル村が今日の宿か。フェル湖が楽しみだな」

「リキオー様は以前にも、イストバル村にお泊りになった経験があるのですか」

「まあね、いろいろ各地を回ったよ」

ゲームでプレイしていたときに、転移呪文によって様々な場所に行ったのだ。

ちなみに、今日泊まるイストバル村にあるフェル湖は水竜神殿があることで有名だ。極めて珍しいことにこの湖には水棲モンスターが存在しない。これは水竜がいるためだ。東洋風の神社、仏閣といった趣《おもむき》のある建築様式の社殿と静謐《せいひつ》な景色のため、フェル湖一帯は観光地として栄えていた。

「当然、護衛のパーティも乗ってるんだよね」

「はい、今回リキオー様は我が商業ギルドのお客様ですので、護衛に加わる必要はございませんよ」

「わかった。よろしく頼みます。家のカギは預けますので、風呂は勝手に使ってください」

「ありがとうございます。たしかにお預かりいたします」

リキオーは家のカギであるクリスタルをラースに渡すと、迎えの馬車に乗り込んだ。馬車は屋根があり、三人ずつ対面に座る六人乗りのタイプだ。乗っているのはリキオー、ハヤテ、ラース、そして彼の寡黙な従者の四人。その後ろに幌馬車《ほろばしゃ》、荷馬車が続いた。

乗っている間、暇なので、いろいろなことを聞いてみた。

「護衛のパーティって優秀な人たちなんですか」

「ええ、皆、精鋭ぞろいでございますよ」

「構成とか聞いてもいい？」

ラースは鞄の中から護衛契約を記した羊皮紙を取りだして読み上げた。

「護衛のパーティは鷹《たか》の巣《す》団と言います。メンバーは四人。重戦士、剣士、双剣士そして賢者ですね」

(何そのかっこいいパーティ名。俺もかっこいいパーティ名つけたい！　ハヤテ団とかっ)

リキオーの意思が伝わったのか、隣でハヤテがリキオーを見上げてしっぽを振る。

「優秀なんだ。その鷹の巣団って有名なの？」

「はい、王都ではそこそこ有名でございますよ。双剣士の少女が可憐な外見ながら凄腕《すごうで》という噂で」

「女の子がいるんだ。パーティに」

リキオーは思わず、窓から後ろを振り返ろうとして止めた。

「ところで、それ、羊皮紙でしょ。王都に紙ってないの？」

「さすがに王都にはございますよ。ただ、私どもは慣習から契約書の類《たぐい》は羊皮紙で行うことにしておりますので」

「だよね、ユシュトでもみんな、木とかに文字書いてるし」

「綺麗で上質な紙は高《たこ》うございますからね、なかなか普段の書類までは……」

「そっか、もし安価な紙とか出たらまた売れちゃうかな」

「そ、そんな物がありますので……、リキオー様！」

「ま、まあ、そんなに興奮しないでよ。王都から戻ってきたら試してみるから」

「失礼しました。もう、リキオー様には驚かされっぱなしでございます。ますます商業ギルドでの株が上がりましてございますよ」

「しばらく、冒険者稼業に戻りたいからね。期待しないでください」

「わかりました。今のお話は聞かなかったことにしておきます」

ラースはなぜかホッとした様子だった。

というのも、どうせならユシュトでゆっくり話を聞きたいと彼は思ったのだ。ここで話が漏れて他の支部で形になると、彼の手柄にはならない。ちなみにリキオーのポンプ、風呂のアイディアの件では、かなり大きな手柄になった。

「馬車もずっと乗ってるとお尻が痛くなるよね」

「フフ、慣れでございますよ」

「そう、そこだよ。俺がやってるのは。俺はそこで、じゃあ、お尻が痛くならない馬車にするにはどうしたらいいかを考える。そして、故郷、俺の国ではどうしてたかを思いだす」

急に饒舌《じょうぜつ》になって語りだすリキオーに、呆気《あっけ》にとられるラースとその従者。

「リキオー様は東方のお国の方と伺っていますが、そんなに文明が進んでいたのですか」

「まあ、もう戻れないんだけどね。どこにあるのか知らないし」

その頃、後ろの幌馬車では、団員全員がきょうだいという鷹の巣団の面々が客について談議していた。

長兄で剣士のハヴェル、次男で寡黙なアレクサンドル、双剣士で紅一点のリーリャ、末弟で賢者のイングヴァルの四人だ。

「ねえ、ハヴ兄ぃ、前の馬車に乗ってる客も冒険者って本当？」

「らしいぞ、なんでもフローケーとかいうものを作って、商業ギルドを大儲けさせたとか」

初めて耳にする変な単語に反応して、ガバッと体を起こして目を輝かせるリーリャ。

「変なの！　そいつ強いの？」

「噂では、前の村の討伐行な。あれで、山のようなデカさのマッドホーンをほとんど一人で倒したらしい」

「う、ウソでしょ、それ無理ありすぎィ」

リーリャは末弟の膝に寄りかかりながら、笑い転げていた。

「よ、よくないんだな、し、知りもしない人の悪口、い、言うのは」

イングヴァルが大きな体を震わせリーリャを叱責する。

「だって魔物だよ、デカかったら剣士なんてヤバイんだよ、一人じゃゼッタイムーリー」

ひらひらと手を振りながら、リーリャはイングヴァルの言葉を否定した。

マッチョな次男、アレクサンドルはじっと瞑目《めいもく》したままだ。

鷹の巣団の面々は、じっと活躍の場を待っていた。

＊＊＊

関所をフリーパスで抜けてしばらくすると、早馬が後ろから駆けてきた。

そのまま先頭の馬車に近寄り、馬車一行を停車させる。早馬に乗ってやってきた役人は緊張した面持ちで、従者に何か捲し立てた。

「どうしたんです？」

リキオーが尋ねると、従者から報告を受けたラースが答えた。

「お役人様の使いが言うには、どうやら大型の魔物が現れたらしいのです。ここのところ頻繁にこういうことがあり、もっと恐ろしい魔物が現れる前兆ではないかと言われているのですよ」

その瞬間、激しい車輪の音とともに馬の嘶《な》き声が響きわたった。

リキオーは窓枠から身を乗りだして様子を窺う。

見ると、すぐ側で一台の馬車と荷車がモンスターに襲われていた。

モンスターは足の早い下位の竜種、ソードサーペントである。

雑魚ではなく、中ボスといったところか。

四肢と太い尻尾を盛大に振り上げ、小さいトカゲのような素早さでその馬車を追っている。

何か魔獣の気に障《さわ》るようなことをしたのだろうか。

リキオーが、魔獣に追われる馬車を目で追っていると、荷台に囚われている少女と目が合った。

美しく流れる銀髪と高貴な面立ち、控えめに髪から覗く尖った耳。

しかし何よりも凛《りん》とした表情を際立たせているのは、彼女の瞳に籠められた力だった。

それは遠くから見てもよくわかった。

「定期便でもないのにあの馬車は街道を走ってるけどいいの?」

リキオーはラースに尋ねた。

「あれは公式のものではありません。人攫いのものでしょう」

「人攫い? 何を攫ってくるんですか」

「たいていはヒト以外の種族が狙われます。滅多にありませんが、あの急ぎようからするとエルフでもいたのかもしれませんな」

「エルフか……」

リキオーは、荷台にいた少女のことを思い浮かべた。

リキオーたち一行の馬車は相変わらず停まったままだ。あのモンスターが狩られるまでは、動けないだろう。

しかし、このまま見過ごすわけにもいかない。あの荷馬車の者たちを救えなくても、こちらにとばっちりが来るおそれがある。

どのみち相手が魔物である以上、成敗してしまったほうがいいだろう。

「彼らは動かせないのですか」

リキオーは背後に連なる馬車に乗る、鷹の巣団のほうを指し示して尋ねる。

「あの方たちはあくまでも私たちの護衛です。契約を結んでいる以上のことは強要できません」

「仕方ないな。俺が出ましょう」

それを聞くとラースは狼狽した。

リキオーがいくら一流の冒険者だとしても、ラースたち商業ギルドにとっては何よりの金づるである。彼の突拍子もないアイディアが生みだす金脈にはかけ替えのない価値がある。彼のお陰でラースのギルド内での地位も大きく上がったのだ。

「そんな！　こ、これくらいのこと、役人に任せておけばいいのです。リキオー様は私どものお客人。あなたを無事に王都に送り届けることも私の大事な仕事なのですよ」

「生きて戻ってきますよ」

なおも引き留めようとするラースを制して強引に馬車を降りたリキオーは、役人が乗ってきた馬を借りて駆けだした。ハヤテも馬車から飛び降りると、リキオーの背中へと飛び乗った。

リキオーはハヤテを抱き上げ、ソードサーペントへと馬を走らせた。

一方その頃、凶悪なモンスターに追いかけられることになった馬車の中では、ナマズのような髭を生やした恰幅《かっぷく》のいい男が、御者に向かって声を張り上げていた。

「ええい！　もっとスピードは出せんのか」

「後ろの荷台を切り離せば……」

「馬鹿者、あれにどれほどの値がつくと思っとる。お前が降りれば早くなるであろう、降りてしまえ！」

御者がいなくなれば誰も馬車をコントロールすることなどできはしない。

そんな単純な事実さえ見失うほど、髭の男はパニックに陥っていた。

ちなみに、この男、さる高貴な家から依頼を受けた人攫いの業者である。

攫ってきたのは、隠れ里に住むエルフ。成功報酬は莫大なものになるはずだった。

「ええい、こんなところで終わってたまるものか……」


「グァァァ！」

リキオーが馬で馬車に追いつくと魔獣ソードサーペントが一啼きし、長い舌を鞭のようにしならせた。

舌は荷馬車を直撃し、鎖に囚われたエルフたちが転げ落ちる。

その中には、先ほどリキオーが目にしたエルフの少女がいた。

腰まで伸びた長い銀髪、ヒト族を遥かに超えた高貴な顔立ち。身にまとうのは若木色のベスト一枚きりで、脚の付け根までしなやかに伸びた生足を大胆に露出している。

両手は鎖に縛《いまし》められ、無骨な首輪を嵌《は》められていた。

そんな彼女のもとへハヤテがやってきた。リキオーとは別行動をとっていたらしい。

エルフの少女が話しかける。

「あなたは、魔物に向かっていったあのヒト族の男の知り合い？」

「わうっ、わうン！」

ハヤテは彼女の言葉に答えるように吠えた。

精霊種であるエルフは生まれ持った能力で【精霊語翻訳】を備えている。

これは、異種族の言葉を翻訳する力である。

そのお蔭で、彼女はハヤテからリキオーの人となりを知ることができた。

「そう」

彼女の唇の端に笑いが浮かんだ。


リキオーはソードサーペントの強い突進攻撃を、一太刀で牽制すると、振りかざした刀で斬り伏せた。

「グワァァ」という呻き声を聞きながら、リキオーはさらに剣を振るう。

そして一刀ごとに伝わるたしかな戦いの感触に、ゲームをプレイしていた頃の感覚を思いだしていた。

（この感じ、刀から伝わる魔物の鼓動まで、すべてが懐かしいな）

リキオーにとっては、ソードサーペント程度のモンスターなら全力を出すほどではない。十分な余裕を持って戦いに興じることができる相手である。

リキオーは自分の中の勘を取り戻すようにのびのびと刀を振るい、魔獣をいなしていた。そして一方的に攻撃を仕掛け、ドウッという地響きとともにその巨体を地に沈めた。

「フゥ、あとは馬車が再開してくれるのを待つばかりだな。おっと、そういえば……」

リキオーは安堵のため息を漏らすと、攫われたエルフたちのところまでやって来た。

荷馬車を引っ張っていた馬車は横倒しになっており、その陰から御者がおっかなびっくりリキオーを覗き見ている。馬車の主は目を回して倒れていた。

リキオーは、この状況はかなりマズいと考えた。

エルフたちは馬車の主の犯罪の生き証人であるばかりか、証拠品でもある。

表沙汰になってはヒト族とエルフ両方にとって大きな問題になりかねない。

（ええい、ままよ！）

リキオーは、呆然と立ち尽くすエルフの少女の前に近寄ると、抜いた刀を振りかぶった。

切られると思った少女だったが、その後に彼女の耳に響いたのは嵌《は》められていた手錠が切断され、地に落ちる鈍い音。

それから、リキオーは次々とエルフたちを解放していく。これ幸いと逃げだすエルフたち。しかし、リキオーの戦闘を終始見届けた少女は逃げださずに厳しい表情で彼を見返していた。

「いいさ、行けよ。生きていれば何とかなるだろう」

少女は油断せず後ろに下がり、森の茂みへと身を隠すと、そのまま消えていった。

その様子をリキオーは刀を肩に担いで眺める。

荷馬車の主人は息を吹き返したものの、エルフたちが逃げだしたと聞いて泡を吹いてまた倒れてしまった。

そこに騒ぎを聞きつけた関所の兵士たちが駆けつけ、主人は連行されていく。エルフの里は閉ざされた地にある、いわば他国とでも言うべき場所だ。他国民を拉致、誘拐していたことが公になれば死罪は免れないだろう。

ラースがリキオーの元に駆け寄ってきた。

「リキオー様、ご無事で」

「ラースさん、ほら言ったでしょう。生きて帰るって」

「何ともはや、リキオー様は肝が太いお方ですね」

リキオーの言葉に、ラースはホッと胸を撫でおろした。

関所から駆けつけた兵士たちが、街道に横たわった魔獣の亡骸を見て驚く。

彼らが、近隣の村人に援軍を要請し、街道から死骸を撤去すれば、交通再開となる。

リキオーの隣ではハヤテがしっぽを盛んに振り立てていた。

しかし、事態はまだ収束したわけではないようであった。

19　道化師の采配《さいはい》

リキオーたち一行は、その場で丸一日以上足止めをくらうことになった。

今になってようやく近隣の村の者やすでに通り過ぎた関所の兵士たちが大勢派遣されてきて、街道を占拠した魔物の死体を片づけはじめた。

鷹の巣団のパーティも様子を窺いに降りてきて、雇い主であるラースから事情を聞き、運び出されてくる魔物の死体に目を瞠《みは》っていた。

そのとき、馬車の前方からざわめきが起こった。

また魔物かと緊張が走る。

リーリャがスッと静かに立つと幌馬車を降りて、ソードサーペントの死骸を片づけていた馬車の御者に状況を確認する。

「何？　どうしたの」

「う、馬が怯えているんだ……、ほ、ほらッ。ダメだ、言うことを聞かない。どう、どう！　どうした？」

御者は手綱を振るが、馬はピッタリと止まって息をするのも怖がるように前方を見据えている。

「前に何がいるの？　イング！　わかる？」

賢者のイングヴァルが警告を発する。

「か、川だ！　リーリャ！」

道の前方にかかる橋。そこには緩やかに流れる川があった。川は下流にある沼に流れ込んでいるのだが、そのあたりで正体のわからない何かがゆっくりと動いている気配が漂っていた。

しかし、ビーンビーンと何かを弾く音が聞こえはじめるのと同時に、その場を支配していた淀んだ気がサアッと晴れていく。

リキオーが馬車から降りて来て、破魔弓の弦を弾いたのである。

「なっ、何が！」

「アングラーだ。引けッ」

リキオーの言葉に全員が恐れおののく。

アングラーとは、国家最大災害に指定されているユニークモンスターである。

破魔弓の退魔効果でモンスターの特殊効果が払われた瞬間、その場にいた全員がパニックを起こした。声にならない叫びを上げ、我先にと逃げようとする。御者は手綱を振ることも忘れて、蒼白になってフリーズしている。馬はコースを外れて行路を逆走していく。荷馬車の馬は拘束具を強引に振り払おうとめちゃくちゃに暴れ、幌馬車が横倒しになり、繋がれていた馬は逃げていった。

鷹の巣団のメンバーは蒼白になりながらも、任務への責任感からか動けないでいた。

リーリャが震えながら、長兄のハヴェルに尋ねる。

「や、やるしかないんだよね、兄貴」

「ああ、お客人も手伝ってもらいますよ」

そう言うと、ハヴェルはリキオーに目をやった。

「もちろん、そのつもりだ」

話し合うリキオーたちの視線の先には、小山のごとき巨大なアングラーの姿が薄らと見えている。

その姿は、尾の生えたカエルのようであり、ぬらぬらとした青紫色の肢体からは、淀んだ靄《もや》がまき散らされていた。

リキオーの足元では、ハヤテが気丈にもアングラーのいる方向をにらみつけている。

それがどんなに心強い光景か。

厳しい雰囲気の中でリキオーは小さなハヤテから勇気をもらっていた。

ユニークモンスター、それは悪夢の代名詞だ。

駆除するには国軍に匹敵する戦力がいるとされている。

(アングラーかぁぁ、まあ、レアじゃねーしなー。こいつらいるし何とかなっかなあ)

その場に留まっていた者の中で、唯一緊迫した雰囲気でないのがリキオーだった。

ゲームの中で、何度もユニークモンスターを倒しているからだ。

ユニークモンスターといっても、複数のパーティからなるレイドパーティで挑めばそんなに怖い敵ではなかった。

ちなみに、ユニークモンスターには青と赤がいて、赤はカンストプレイヤーのフルレイドパーティでもヤバい相手なのだが、青は劣化個体である。今前にいるのは青なのだ。

問題は、今のリキオーのレベルだ。カンストレベルならどんなモンスターが来ようとも余裕だが、今はまだ侍としては未完成なレベル26。

流石《さすが》にこのレベル帯で激レアクラスのボスモンスターを相手にするのには辛いものがある。

リキオーはまず必要なのは作戦会議だと考え、鷹の巣団に話しかけた。

「おい、お前たち、奴と戦ったことあるか？　知識はあるか？」

「そんな奴いるわけねぇよ」

リーリャが怯えを滲《にじ》ませた声で絞るように呟き、他のメンツもただ無言で頷く。

災害級モンスターを倒した者は英雄だ。国王との謁見《えっけん》を許され、一生食うに困らない褒美と名声が得られる。冒険者なんてやってるはずがない。

「俺は戦ったことがある。何度もな。攻略法も知ってる。信じるか？」

「いくらあんたがマッドホーンを一人で倒したって言っても、そこまで信じるわけねぇよ」

リーリャの言葉に、リキオーは半ばお手上げとばかりに皮肉な表情でため息を吐く演技をした。

「仕方ねえな、おめーらは逃げろよ。俺は敵うかどうかわからないが、おめーらが逃げる時間を稼いでやる」

鷹の巣団の面々はリキオーの雰囲気に呑まれていた。

まさか一人でユニークモンスターに挑むなんて馬鹿がいるなんて思いもしなかったのだ。

「くっ、ククッ……、アーハッハ！　負けだ、ハヴ兄ぃ、私はこいつに賭けてみるわ。こんな祭りで踊りゃにゃ損だろうがよ」

可憐な乙女だと思っていた美少女の豪胆な笑い方に、リキオーは「えーっ、詐欺じゃーん」とげんなりした。しかし、戦いに参加する意志があるなら歓迎だ。

「フッ、たしかにそうだな。聞かせてもらおうか、その馬鹿げた作戦とやらをな」

長兄の剣士ハヴェルもやる気を見せる。

次男の重戦士アレクサンドルは、無言ではあるが、微笑みを浮かべ頷いている。

「リ、リーリャが、い、言いだしたら、も、もう止まらないんだな」

末弟の賢者イングヴァルも、どもりながらだが、戦う意志を見せた。

「どうやら腹は決まったようだな。今は俺の言うことを信じなくてもいい。ただ、言われたことは実行してくれ。どうせ、やったってやらなくたってあいつからは逃げられねえんだからな」

「わかった。どうすればいい？」

「よし、先にコイツの攻撃手段についての情報を言うから覚えとけよ。どれもかわし損なえば、一撃で作戦そのものが失敗しかねないからな」

リキオーは集まってきた鷹の巣団の面々の顔を見回すと不敵に笑った。

「まず怖いのは特殊効果【悪疫《あくえき》】だ。これを受けてしまうと、厄介なステータスダウン効果を二十秒付与されてしまう。スロウ、技封印、魔法禁止、石化。つまり、その間は技も魔法も効かず、攻撃もできず耐えるしかない」

いったん言葉を切って、鷹の巣団の各メンバーの目を見つめながら言葉を紡いだ。

「【吹き飛ばし】は長い舌を吐きだしてくる。【激震】は足で地団駄踏んで範囲攻撃してくる。【ボム・タン】は一番厄介だ。爆発するように痰《たん》を吐きだしてくる。くらえばダメージを負いながら身動きも取れず、酸で体を溶かされていく。エグい攻撃だ」

どこでそんな情報を蓄えたのだろう。

どれも特一級の情報に違いない。

鷹の巣団の面々は固唾《かたず》を呑んで一言一句、何も聞き逃すまいと、リキオーの言葉に耳を傾けていた。

「だが、これらの攻撃にはすべて予備動作がある。これは絶対に覚えろ。一人が死ねばそれだけで攻略失敗になる可能性が高くなる」

全員、真剣な顔で無言のまま頷く。

リキオーの言葉は続く。

「【悪疫】は十分に一度しか撃てない。舌を呑み込み、俯いて尻を上げたら次の瞬間飛んでくるぞ。【吹き飛ばし】は両足を踏ん張り、背中を伸ばした後に口が開く。そのときには避けていないと食らってしまう。【激震】はダメージが蓄積され、ヤツの目から黄色い涙が流れた後でやってくる。兆候を見たらとにかく距離をとれ。【ボム・タン】は目を閉じて尻を振ったらやってくるぞ」

ここまでは前振りの解説だ。やっと作戦らしい作戦を伝える段になった。

リキオーは唇を湿らせて言葉をさらに続ける。

「そこで作戦だ。ここで重要なのはこいつの行動は全て足を起点としているということだ。なら、いかに奴の技を避けながら足を切り落としていくかということになる」

「あ、あんなぶっとい足なんて切れるのか？」

剣士ハヴェルがゴクッと唾を呑み込んで尋ねてくる。

たしかに見た目の巨大さは圧倒的だ。

「案外、ヤツの体は柔らかい。しかし、それを強固にしてるのは体にまとってる邪気だ。邪気はすべての攻撃者の魂を消耗させる。それを止める方法はある。奴の尻尾だ。尻尾を切り落とされたアングラーは邪気を張れなくなり、まともに歩くこともできなくなる。と同時に、攻撃力がガタ落ちになる。いいとこ邪気のあるときの二割ってとこか。ヤツにとって邪気は攻撃手段であり、鎧でもあるんだ」

リキオーは言葉を切ると、リラックスするように首をコキコキと解《ほぐ》しながら言葉を紡いだ。

「誰も退魔装備なんて持ってないだろうから、邪気を払いながら奴の尻尾を切り落とすのは俺一人でやる」

全員が無茶だと思ったが、無理やり言葉を呑み込むしかない。他に選択肢はないのだから。

「まあ、手段はある。そう悲愴な顔をするな。負けちゃうぜ」

そう言うと、リキオーは笑った。

敵はその巨体もさることながら、たった一匹で国の屋台骨を揺るがしかねないほど圧倒的な強さのモンスターなのだ。

それをこれから相手にしようというのに、リキオーは笑っている。

鷹の巣団のメンバーは皆、目の前の戦士の豪胆さに、唖然とするばかりであった。

20 英雄の誕生

さらにリキオーたちは作戦会議を続ける。

「続きを話すぜ。俺が尻尾を切り落としたらそこからが本番だ。剣士、あんたが盾になれ。攻撃力の落ちたアングラーならスキル次第で耐えられるはずだ。そして、重戦士とスタンの順番を決めろ。スタン回しがこの攻略の基本になる。賢者、あんたは全員の生命線だ。回復魔法の【ヒールビート】で常時回復、多重呪文で剣士の回復を心がけろ。双剣士、あんたは俺と一緒に足落としだ」

一人ひとりのジョブの能力まで把握し、それぞれの役割をはっきりと示す知識量に鷹の巣団のメンバーたちは驚いていた。そして、道をはっきりと示されたことで、もしかしたらやれるかもしれないという自信を持ちはじめた。

話し終えると、リキオーは何の気負いもなくアングラーへと向かっていった。

その背中を、祈るような気持ちで鷹の巣団のメンバーたちは見つめている。

「いいな、行くぜ！」

リキオーは分身を生みだして攻撃を一回だけ確実に防ぐことができるスキル【心眼】を起動すると、駆けだしながらアングラーの背後に回り込む。

それを察してか、アングラーはリキオー目掛けて舌を伸ばす特殊攻撃【吹き飛ばし】の連続攻撃で攻めてきた。

「グルァァァァ！」

魂を揺さぶる狂気の唸り声を聞きながら、リキオーは巨大なモンスターの口から吐き出されてくる凶悪な攻撃を紙一重で、かつての勘を思いだしながら華麗なステップで避ける。

避けられないものは【心眼】の効果である分身で受け、僅かな隙を突いてくる攻撃さえ寄せつけない。

（さあて、ここからが本番だ）

アングラーの背後を取ったリキオーは、破魔弓を取りだして一瞬、爪弾く。

すると、鷹の巣団へ向かおうとしていたアングラーの注意が自分のほうへと向く。

そして、ビチッビチッと凶悪に振り回されている尻尾に狙いを定め、鞘鳴りをさせて気合一閃《いっせん》、飛び込んでいった。

（【刀技必殺之壱・疾風《はやて》】！）

リキオーは分身が尻尾の一撃で消え失せたことを知覚しながらも、今はただ、攻撃に全てを込めた。居合抜きで鞘から放たれた剣閃は、アングラーの尻尾を確実に捕らえた。

（いっけぇぇぇ！）

リキオーは自然と「オォォォ」と吠えていた。そして正宗を振り上げてアングラーの尻尾を切り裂き、撥《は》ね飛ばす。

ピュウゥと鳥が鳴くような響きが聞こえると、魔物の巨体に見合ったぶっとい尻尾が紫色の毒々しい体液を噴き上げながら宙を舞う。

切り離されてもなお、その底知れぬ生命力を誇るように尻尾は蠢《うごめ》いていた。

アングラーは聞くに堪えない叫び声を撒き散らしながら地団駄を踏むように暴れて、周囲に生えた太い木々を根こそぎ撥ね飛ばした。

鷹の巣団の紅一点、リーリャが歓喜の声を上げる。

「やった！　アイツ、やったんだ兄貴」

「ああ、俺たちもやるぞ」

他のメンバーも、自分の中に湧き起こる希望を握りしめて敵へと向かっていった。

リキオーは正宗の刀身を振り上げて、小山のような巨体を晒すアングラーが悲痛な叫び声を上げてのたうつのを見ながら、刀身を鞘に戻した。

そして、満足して鷹の巣団を振り返るとクワッと険しい表情をして叫んだ。

「おうらッ、てめぇらッ、戦闘開始じゃああ！」

「おおッ！」

激高したかのようなリキオーの叫び声に、鷹の巣団のメンバーも大声で応える。

「うぉぉぉ！　やるしかないんだよな、ならやってやるぜェエ！」

「ぶっ倒してやらァア！」

彼らは、たった今目に焼きつけたリキオーの戦いぶりに感化され、絶叫しながらアングラーに飛び込んでいった。

＊＊＊

作戦は図に当たった。

邪気を張ることができなくなったアングラーの通常攻撃を、剣士が確実に防ぐ。

剣士ハヴェルは、自分がこのユニークモンスターの攻撃を受け止めている事実に驚いていた。

もちろんすごいダメージだ。一気に半分以上のＨＰが奪われる。

しかし、賢者の回復が確実にダメージ分を埋めてくれる。

攻撃の衝撃にぶっ飛びそうになりながらも耐えることができる。それは事実だった。事実は裏づけとなって自信を生む。

「うぉぉぉ！　やれるぜッ、俺たちは」

賢者は、全体の動向を確認しながら全体回復魔法をかけ続け、スキルの準備が整うと多重呪文で剣士の回復を確実にこなしている。

いつもなら臆してしまう彼だが、今は戦場を冷静に見つめ、恐怖の感情を支配しようとしていた。

「おれがッ、みんなを、ささえるんだァァ」

重戦士は【スピン】の応酬でダメージスコアを重ねながら、スタン技で敵の動きを封印した。

彼は歓喜している。強大な敵に立ち向かえる歓びが戦士としての魂を燃え上がらせるのだ。

「はぁぁッ、【スピン】！　だぁぁ、止めるっ、【ショルダーアタック】！」

双剣士の少女は、リキオーとの共同でモンスターのぶっとい足を一本切り落とすことに成功した。

双剣が舞うたびにモンスターの腐敗したような肉汁とぶよぶよとした肉片が飛び散る。

その攻撃は確実にモンスターの存在を削り落としていく。

「ヒヒヒッ！　当たるッ、兄きぃ、当たるよッ、私らの攻撃っ、面白れぇほど当たるよっ」

狂ったような笑いと歓喜に包まれた少女の叫び声を苦笑交じりに聞きながら、リキオーは思った。

（こいつらもよくやってやがるぜ、ぶっつけ本番で戦闘を維持してやがる）

危ないシーンもあったが、リキオーがその都度、フォローして事なきを得た。

剣士がダメージを負いすぎそうになると、土魔法倍出力で「アースガード」を発動して回復するまで支えた。

剣士と重戦士のどちらかのスタンが不発だったり、スキルの発動が間に合わないときには、アングラーに【峰打ち】を打ち込み凌《しの》いだ。

誰か一人がヘイトを稼ぎすぎて、集中攻撃を受けそうになったときには火魔法の倍出力で攻撃し、アングラーの注意を引いた。

戦闘の最中、リキオーはハヤテのことを思いだして振り返った。

すると、そこにはエルフの美少女がいた。

その胸の中には、ハヤテが抱えられ、盛んに吠え立てている。

（あの子、とっとと逃げりゃいいものを）

苦笑気味にそう思いながら視線を戻す。

彼女に抱かれていればハヤテも安心だ。そうとわかると、リキオーの唯一の不安は消え、より戦闘に集中することができた。

今、アングラーのＨＰを示すバーは残り三割を切っているように見える。

それに対して鷹の巣団のメンバーたちもかなり疲弊しはじめている。

付け焼き刃の作戦がどれほど当たっても、相手は予想を大きく超える化け物なのだ。

アングラーに関することでリキオーが鷹の巣団のメンバーたちに打ち明けなかった重大情報が一つあった。

それはバーサク化に関することだ。

ボスモンスターの一部はダメージを蓄積していくとある段階で完全回復し、強さを増してしまうバーサク化現象を起こすことがある。

バーサク化すると、特殊攻撃をランダムで、そして連続で放つようになる。今までは特殊攻撃を仕掛けてくるにしても予兆となるモーションがあったため、対抗することができたが、次に来る攻撃が何かわからなくなるのだ。

バーサク化現象そのものは時間制限があり、それを超過すると元のダメージを受けた状態まで戻るのだが、鷹の巣団にそこまで耐え切るのを期待するのは酷だろう。

最初からそれが来ると確実にわかっていれば対策も立てられたはずだが、規則性がないのだ。

バーサク化をしない個体であることを祈るしかない。

リキオーは正宗を振りながら半ば祈るように、アングラーのＨＰを削ることに集中する。

だが悪い予感というのは往々にしてよく当たるものだ。

リキオーの願いも虚しく、アングラーは闇雲に攻撃していた体勢から蘇《よみがえ》りつつあった。切り飛ばされた後ろ足の断面が醜く盛り上がり、尻尾の切り口が再生しはじめた。

（くっ、やっぱり来たか！）

リキオーは自分の悪運を呪った。

よりにもよってこのタイミングでバーサク化が来るのか。

こうなれば、リキオーといえども打つ手はない。

（せめてレベルが30に達していれば……）

リキオーは唇を噛んでくやしがった。レベル30になれば侍はジョブとしての完成を見るのだ。

しかし、今のレベルは26。バーサク化が起これば、抗すべき手段はない。

このまま沈むしかないのか。

「グリュリュルルル！」

アングラーが吠えると、黒い靄《もや》が四肢にまとわれはじめた。

そして、四匹の守護モンスターが湧いて出てくる。

それらはこの戦いの前にエルフの人攫い一行を襲ったソードサーペントであった。

「ぐぅッ、ここで敵が増えるだと？　やべぇぜ」

「どうする？　お客人、アングラーだけで我らは精一杯だ」

絶望に包まれる鷹の巣団。

もはやここまでか……。

彼らの表情からは希望の灯が消えようとしている。

「いや、あんたたちはそのままアングラーを相手にしていてくれ。連中は俺が相手にする」

しかし、一人、リキオーだけは目を輝かせていた。

(来たぜ、ククッ、いける！　これならいけるぞッ)

そして、足の裏に風の倍力生活魔法を集中させ、リキオーは飛びだしていった。

先と同じ魔物でありながら、アングラーの守護モンスターであるソードサーペントは、経験値のうま味が違う。

リキオーの狙いはその経験値であった。

無意識に攻撃を避けながら、太刀を振るう。一刀のもとに切り伏せたソードサーペントが断末魔の叫びを上げて倒れるたびに、リキオーはレベルを上げた。

(ウマすぎる、ククッ、やべぇ、めっちゃウマすぎる)

リキオーは刀を振るたびに高揚し、その一方でステータス画面を開いて、アングラーのバーサク化に対抗する手段を整えていった。

「よし、これで勝てる！　やってやるぜぇ！」

リキオーが、正宗を振り下ろして最後のソードサーペントを倒した時、とうとうレベル30に到達した。

たった四匹のモンスターだけでレベルを四つ上げたのだ。

レベルが30に到達した瞬間、リキオーは刀身を鞘に納め、迷うことなくたった今獲得した侍専用スキル【瞑想《めいそう》】を発動した。

(発動、【瞑想】！)

人差し指と中指を揃えて額に押し当てて瞳を伏せると、リキオーの全身が白く輝きだした。

湧き起こる圧倒的な威圧感に地面が震える。

侍専用のジョブスキルである【瞑想】の効果は、上限を超えてMPを100増加させ、さらに三秒毎に100増えていき、最終的には1000にまで達する、というものだ。

侍のような前衛職は、MPが増えても普段なら恩恵を感じない。しかし必殺技である刀技を行使する際に消費するのはMPであるため、MPが増加し続けることには大きな意味がある。

『アルゲートオンライン』には、味方同士でウェポンスキルを連続して撃つと、ある法則に基づきダメージが加算される「連携」というシステムがある。

ここにリキオーが掴んだ勝機があった。

【瞑想】によりMPを回復させせながら刀技を連発し、一人で連携ダメージを稼ごうと考えたのだ。

(さらに発動、【八双《はっそう》】！)

リキオーが獲得した二つ目のスキル【八双】は、発動時、各ステータスをプラス25％上昇させるというものである。その効果はパーティ全体に波及するため、非常に強力だ。

リキオーの体は眩しいまでの白い光を発していた。

そして、変化はただ光っているだけではなかった。

「グギュ？」

アングラーは目の前の矮小な存在である敵が突然、大きな威圧感を持ったことに驚き一瞬、動作を止めた。

「いくぜッ、雪華乱舞《せっからんぶ》」

次の瞬間、狂気を滲ませた笑いを浮かべるリキオーが鞘に納めていた刀を抜いて振り上げ、雷に似た電光が彼の周囲に舞い踊る。

バリバリという空気を引き裂くような音が周囲を席巻する。

（【刀技必殺之四・把塵《はじん》】！）

そしてくるりと旋回し、ギラギラと刀身を輝かせた刀身をアングラーに振り下ろす。接地面からズババッと裂け目が走り、ズズーンと重い衝撃波がその場にいる全ての者に響いた。

それをまともに食らったアングラーはグワァァと叫び声を上げて仰《の》け反《ぞ》る。

しかし、リキオーは冷静に刀身を鞘に戻すと、静かに屈み込んだ。

（【刀技必殺之参・楼水《ろうすい》】！）

雷光が閃く中、鞘から飛びだした刀身を手元で回転させ、前に突っ込んだリキオーはアングラーが態勢を取り戻す間もなく、ブッスリ、突き刺した。

雷光をまとった刀身が突き刺さっただけでも衝撃なのに、そこに突然現れた結晶の幻影が大きく伸びたと思うと収縮し、そこを起点にして氷の槍が噴きだした。

鋭い氷の槍の矛先がアングラーの体表を鋭く穿《うが》っていく。

「な、何が!?」

鷹の巣団のメンバーは目の前で一人の戦士が起こしている現象に目を瞠《みは》った。

何が起きているのか皆目見当がつかないのだが、アングラーに確実にダメージを与えているのは分かる。

連携というテクニックの名前は知らなくても、戦士たちの間では極稀に剣技が重なったときに起きるエフェクトのことは噂話として伝わっていた。

しかし、それを一人で意識して起こせるという話は聞いたことがないし、その効果については未知の領域であった。

アングラーとの精神を削る戦闘で疲弊した彼らは、ただ唾を呑み込んで見守るばかりだった。

そんな彼らの驚きとは無縁にリキオーの攻撃は続く。

(【刀技必殺之弐・導火《どうか》】！)

また納刀したリキオーはバッと飛び上がると再度刀を抜き放ち、袈裟《けさ》懸《が》けに切り下ろすと、返す刀でVの字に切り返す。

すると、彼の足元からバリバリと激しい火柱が噴きだし、アングラーに継続したダメージを与える。

アングラーはパニックを起こしていた。

ジタバタと手足を振り回し、戦闘状態を維持することができない。

その間にも確実にダメージが蓄積され、終末へと近づいていく。

「いくぞッ、アングラー。これで終わりだァァ！」

（発動【星願《せいがん》】、【刀技必殺之弐・導火】！）

三度《みたび》納刀すると、リキオーはレベルアップによって得たスキルポイントを消費して獲得したスキルを連続で発動させる。

【星願】は【心眼】の上位スキルで、分身体を増やすだけでなく、それぞれの分身体からの多重攻撃を行える。

そして、三段目に撃ち込んだ刀技を再び発動する。

これが最後とばかりにひときわ高く飛んだリキオーが剣を振るう。

切り下げた剣を振り上げるまでは同じ動作だが、現れた幻影は目を塞ぐほどの光の乱舞だった。

まるで、アングラーという闇を振り払うかのようにその場を白に染め上げていく。

リキオーが刀を振り払いながら、後ろへと大きくジャンプして後退すると、アングラーからはバーサク化の兆候が消滅し、あとはただ青息吐息で何とか命脈を繋いでいるボロボロの姿が残った。

途中でリキオーが叫んでいた「雪華乱舞」とは、一連の連携技にリキオーがつけた名だ。連携の二段目に現れる幻影エフェクトの氷を雪に、ラストの幻影エフェクトの光の乱舞を花に見立てている。

これでとどめを刺して決着すれば格好良いのであるが、ユニークモンスターのHPは異常な量であるため、雪華乱舞だけで削り切ることは叶わなかった。

【瞑想】の効果時間が切れ、さすがのリキオーも疲労困憊《ひろうこんぱい》だ。

「く、とどめを刺せなかったか。まあいい。もう奴は死に体《たい》だ。お前たちで引導を渡してやれ」

「お、おう、恩に着るぜ」

ハヴェルは狂気すら感じるリキオーの眼力に頷くことしかできなかった。

気力を振り絞って、兄妹たちに発破をかける。

「よぉぉし！　畳みかけるぞ、手柄は我らの下に！」

「うぉぉぉッ」

長兄の叫びに我を取り戻した鷹の巣団のメンバーたちはブルブルと頭を振り、なけなしの気力を奮い立たせた。

重戦士が【ウォー・チャージ】の掛け声を上げると、パーティ全員に炎のエフェクトとともに攻撃力プラス10％の効果がかかる。

一気に大技を集中させ、鷹の巣団の面々が次々と断末魔のアングラーに剣を突き立てていく。やがてとうとう決着の時が来た。

「グルルルル――」

最期の時を迎えたアングラーは怨嗟《えんさ》の声を上げながら全身をブルブルと痙攣させると、ズシーンと大地にその巨体を横たえ、二度と目を覚まさなかった。

（ふぃー、やっぱ劣化種って言ってもユニークモンスター。レベル20台で倒す相手じゃねーや。ああ、しんどい。それにしても連中もよくやったもんだよな）

リキオーは、放心状態で立ち尽くしている鷹の巣団の健闘を讃えながら、夕暮れが迫る空を見上げていた。

双剣士の少女は目の前に横たわる、あまりにも巨大な敵を自分たちが倒したことに実感が湧かず、呆然と立ち尽くした。それでも自分はよくやったんだと認めてあげたくて、涙が次々と流れてくるのを止められなかった。

剣士も重戦士もしばらくポカーンとしていたが、賢者が「うぉぉぉ」と叫び声を上げて突進してくるのを受け止めると「アハハハ」と壊れたように笑いはじめた。

しばらくの間、双剣士の少女のしゃくりあげる泣き声と、男たちの馬鹿笑いがその場に響く。

リキオーは飛び込んできたハヤテの歓待を受けて、尻餅をついたままペロペロと顔中舐め回されて往生していた。

（そういえば、あの子無事に逃げられたかな）

いつの間にかいなくなっていたエルフの少女のことをぼんやりと考えながら、リキオーはハヤテの毛並みを撫で続けた。

＊＊＊

横倒しになっていた後ろの幌馬車を全員で起こして、逃げた馬を連れ戻す頃には、近くの関所の兵士たちが総出でやって来ていた。

ラースがリキオーに声をかける。

「リキオー様、よくご無事で」

「鷹の巣団が全部やってくれたんだよねえ。俺は陰から応援してただけ」

リキオーは白々しく嘘をついた。

ラースは馬車を降りると、リキオーの肩に掴まって涙を浮かべている。

「それでも、これは奇蹟に他なりません。創造神様のご加護があったのでしょう」

ラースは心底、安堵したような安らかな顔で呟いた。

こぼれる涙を拭おうともしない。

それはラースばかりでなく、集まってきた人たちも皆一様であった。

ハラハラと流れ落ちる人々の涙に、木々の間から差し込んできた夕暮れ近い陽の光が反射して輝いていた。

「しかし、この有り様じゃ街道はしばらく封鎖するしかないんじゃないですか？　橋も壊れてしまいましたし、あんなのが転がってたら解体だけで結構かかりそうだし」

（あー、リアルって時々しんどいわ。ゲームだったら倒して即消えるのに）

うんざりした眼差しで、リキオーはハヤテを抱えて目の前のグロい死に様を晒すモンスターの死体を眺めた。

「こんなアクシデントがあったのでは、王都に向かうのは遅くなってしまいますな」

ラースは頭ひとつ高いリキオーの隣に立って、信じられないものでも見るように、小山の如き巨体を晒すモンスターの亡骸に見入っていた。

アングラーの死体は完全に街道を塞いでしまっている。

あの様子では死体をどけても、馬車が通れるような状況ではないだろう。

「まあ、仕方ないよね」

リキオーもウンウンと頷きながら、別のことを考えていた。

鷹の巣団のことである。

（あいつら黙っててくれるかなあ）

リキオーは、鷹の巣団にある提案を持ちかけていた。

このユニークモンスターを倒したのは、鷹の巣団のみということにして欲しいと。

他に協力者はいなかったと。

もちろん、彼らは反対した。

実際には、リキオーによるアングラーの技の詳しい説明と巧みな作戦構成、そして魔法使いでもないのに行われた的確なフォローの補助魔法がなければ、失敗どころか挑戦も覚束《おぼつか》なかったに違いない。さらには第二段階のバーサク化で彼が見せた奇跡の技。あれがなければ、今頃、鷹の巣団は地面に立ってはいまい。

だが、それを言えばなぜリキオーが国家災害クラスの魔物の情報と、攻略情報を知っていたかを話さなくてはならない。魔法使いでもないのに強力な補助魔法を使える理由も。

それは、彼が、この世界の住人ではないことを明かすことになり、さらには、この世界をゲームとして体験していたという不可解な仕組みを話さなければならなくなる。

説明するのが困難というのもあるが、何よりリキオーの直感が、知られてはいけないと告げていた。

そのため、リキオーは強引ながらも、「冒険者の掟」を盾に、鷹の巣団の面々を無理矢理に納得させてしまった。

冒険者の掟とは、『何人たりとも自分の知り得た他人のスキルを明かしてはならない』というものだ。結局、鷹の巣団のメンバーはリキオーに恩義を感じている以上、受け入れざるを得なかった。

リキオーたちは、その晩は馬車を戻してウェスバル村に宿泊した。

皇国中を国家災害級モンスター討伐成功の知らせが電撃のように走り抜け、その後立ち寄ったどこの村も鷹の巣団メンバーを歓待し、新しい英雄の誕生を祝福した。

「いやー、ラースさんも鼻が高いでしょう。彼らを護衛に選んだからこそ、新しい英雄の誕生をすぐそばで見れたのだし」

「ですねえ。いやいや、こんな幸運が私に訪れるとは」

盛り上がる三両目の馬車とは裏腹に、前方の二両目の馬車に乗り込んでいた鷹の巣団のメンバーたちの間には、ゲンナリとした空気が漂っていた。

歓待という名の胃袋への攻勢と、英雄譚を求める民に切った張ったの話をし続ける精神ダメージで、すでに疲労困憊していたのである。

しかし、そんな扱いを受けるたびに自分たちが国家災害級モンスターを討伐したという実感を得て、ようやくそれにも馴染みはじめているのだった。

英雄の凱旋パレードになってしまった馬車一行は、その姿を一目見ようと街道に集まる人々の歓声を背に、王都に向けて駆け抜けていった。

21　英雄の凱旋の陰で

鷹の巣団とリキオーたちを乗せた馬車が王都の関所に入る頃には、人の波があふれて大変なことになっていた。

降って湧いた国家災害級モンスターの出現と、それを倒した冒険者による護衛パーティ鷹の巣団の凱旋。パレードは王都のメンイストリートで行われ、王都警備隊による物々しい警備に守られつつ、王への謁見も果たし、彼らはてんてこ舞いの有り様だった。

そんな喧騒を逃れたリキオーは、商業ギルドの用意した高級ホテル「シェラザード」のスイートルームでのんびりできて満足していた。そんなリキオーにラースが話しかける。

「それでは、リキオー様、今夜はごゆるりとおくつろぎください。申し訳ないのですが、私は本部に行かないといけませんので、ここで失礼させていただきます」

フカフカとしたソファで疲れを癒やしているリキオーにラースは微笑みかけ、さらに続ける。

「明日以降の予定なのですが、例の国家災害級モンスターの関係ですべてキャンセルになってしまいました。今後の予定もつかない有り様ですので、予定が立ち次第、前日までにはご連絡します。

ここのお支払いはリキオー様が王都にいつまで滞在されても、すべて商業ギルドで持ちます。予定のご報告を申し上げるまで、ごゆるりとお過ごしください」

リキオーもラースを労るように笑顔でさよならを返す。

「ふぅ、あんなことがあるなんてなあ。久しぶりにステータスチェックするかあ」

ステータス -STATUS-

CLOSE

名前　：　リキオー（17）
クラス：　自由人
ジョブ：　侍
レベル：　33

LP 76　HP 173　MP 77

力	：58	耐久	：45
器用	：49	敏捷	：25
知力	：20	精神	：20
運	：22		

スキルポイント：3

■ジョブスキル

【両手刀（b）】

ステータス -STATUS-　CLOSE

■ウェポンスキル

【刀技必殺之壱・疾風（c）】

【刀技必殺之弐・導火（c）】

【刀技必殺之参・楼水（c）】

【刀技必殺之四・把塵（c）】

■アクティブスキル

【投擲（c）】【明鏡止水（c）】

【生活魔法（s）】【弓術（c）】

【峰打ち（c）】【心眼（c）】

【星願（c）】【八双（c）】

■パッシブスキル

【受け流し（d）】【見切り（c）】

【鑑定（c）】【翻訳（a）】

【鷹の目（c）】【警戒（c）】

New!!

レベル上がりました「30→33」

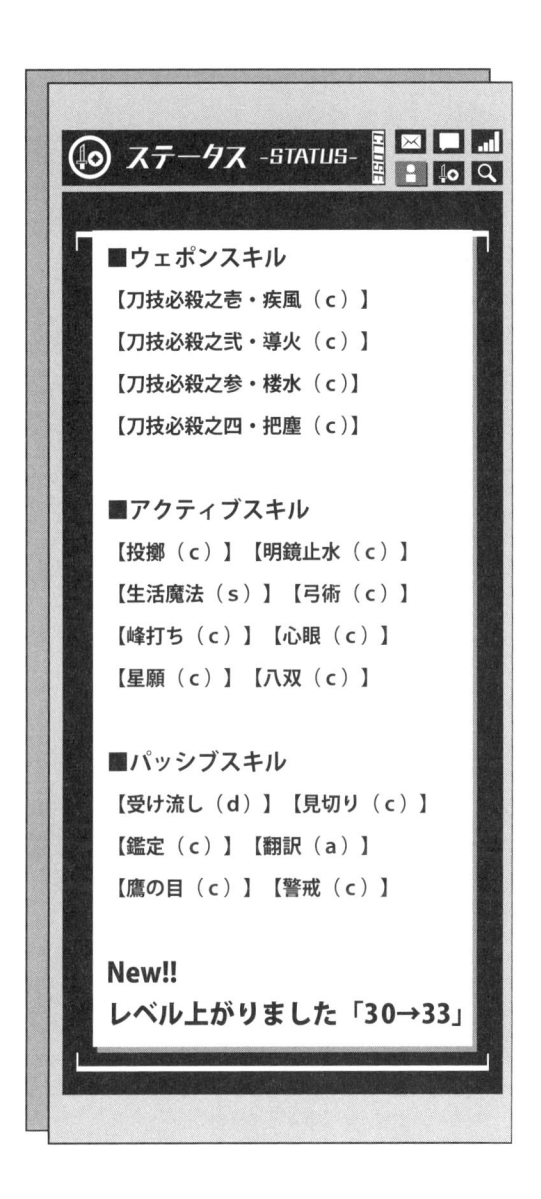

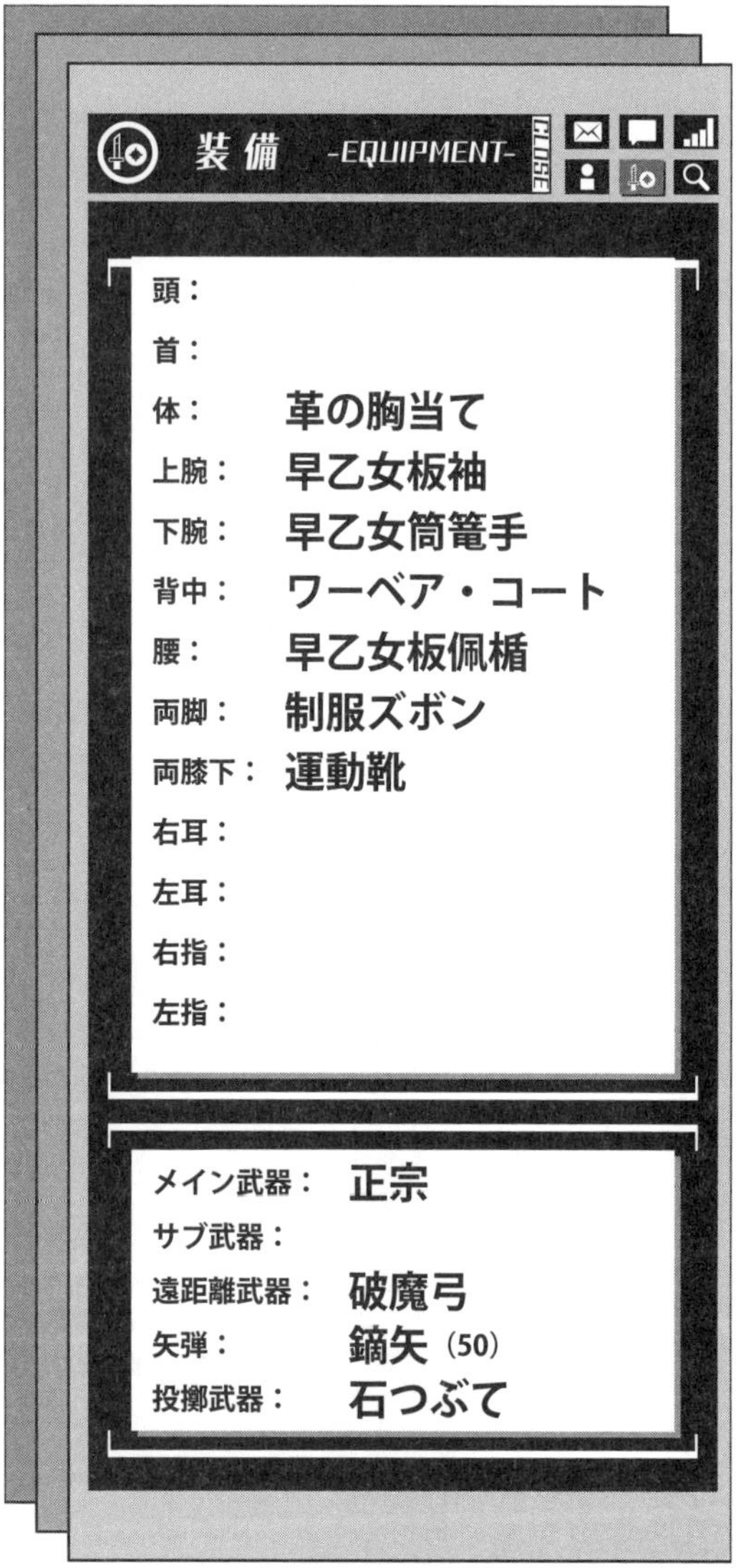

ステータス画面を見て驚きの声を上げる。
「おおっ、青、劣化種とは言えさすがユニークモンスターだぜ」
リキオーはアングラーと戦う前はレベル26だった。アングラーを倒している間に生みだされた守護モンスターは、ユニークモンスター戦ゆえの特殊イベント扱いとなり、報酬として膨大な経験値を与えてくれた。それによりレベルは急上昇し、レベル30になったのだ。

その後、アングラーにとどめを刺す手柄は鷹の巣団に譲ったものの、トータル戦闘時間の大半を同時に過ごし、与ダメージ量の半分以上を叩きだしたので、討伐で得られる総経験値の七割を獲得できた。

しかし、各ジョブが完成となるレベル30以降は経験値によるレベル上昇率は低くなる。つまり、これまで以上に多くの経験値を獲得しないとレベルアップができない仕組みになっているのである。

ここからのレベルはジョブとして熟成の域に入る。それだけに上がり辛いのだ。

「スキルポイントはどうするか。おとなしく【練気《れんき》】と【覇気《はき》】取っとくか」

【練気】はMPを消費することで一時的に攻撃力を二倍に引き上げるスキルである。【覇気】は気合をぶつけることで相手をスタン状態にできるスキルで、両手が塞がっていても使用できるが、相手の魔法抵抗率が高いと外れることもある。

シェラザードホテルにあてがわれた豪奢な部屋で、ステータスチェックとスキル値の配分を終えたリキオーは、具足を外した学生服だけの普段着姿にモードチェンジし、リラックスすることにした。

お腹が減ったので、テーブルの上に置かれていた呼び鈴を鳴らしてみた。すると、それほど時間を置かずにノックされた。

「お客様、お呼びになりましたでしょうか」

「は、はい、呼びました」

内心「おおお」と驚くリキオー。これまで高級ホテルなんぞに泊まった経験はない。もちろん現代日本においてもだ。自分専用の執事を持ったみたいでカッコイイなどと考えている。

「失礼いたします。私、このお部屋の客室係を務めさせていただくコンラッドと申します。御用がありましたらなんなりとお申しつけください」

とりあえずリキオーは、コンラッドに空腹であることを伝える。

「あ、えーと、とりあえず、お腹へったんで何か持ってきて欲しいんだけど。あと、こいつ用に皿があると助かるんだ」

足元でハッハッと息をしているハヤテを指さしながら食事の用意を頼んだ。

「わかりました。お客様のお好みなぞございますでしょうか」

「肉と野菜とご飯で。米ってあります？」

「ございますよ」

「おお、素晴らしい……。コーヒーは？」

「勿論でございます」

「じゃあ、肉と野菜と米でガッツリ食べられるものをお願いします。食後はコーヒーで」

「承りました。少々お時間を頂きます。それでは、また御用がありましたら、なんなりとお申しつけください。失礼します」

リキオーは喜びながらヨダレを垂らしていた。ハヤテはそんな主人をチラッと見て、見なかったフリをした。できる子である。

リキオーがグーグーお腹を鳴らして待っていると、ノックの音とともにドアが開いて、ワゴンを押した給仕がホテルの制服を着たメイドとともに入ってきた。

「失礼いたします。お食事をお持ちしました。ペット様はどちらでお食べになりますか」

「ありがとう、こいつはここでお願いします」

リキオーはハヤテの前を指し示した。メイドはニッコリと微笑んで皿を差し出す。ハヤテは女性受けがいいようだ。やはり小動物は強い！

別のメイドがテーブルの上に料理の載った皿を並べていく。リキオーはインベントリからあらかじめ抜いておいたハヤテ用の獣の肉を彼の皿に置いた。ハヤテはチラッと肉に視線を向けたもののおとなしく待っている。

「いただきまーす」

リキオーがご飯の前で手を合わせて食べはじめると、ハヤテも肉に齧《かじ》りつく。

(おおお、米だ、米だよう！　少し形は細いけどたしかに俺、米を食ってる)

リキオーは感激しながら、チャーハンのような料理と、レタスのような食感の野菜を頬張った。

肉も、噛むとジューシーな肉汁があふれてくる。お腹が減っているという最大の調味料の前では、どれも最高に美味かった。

リキオーが給仕さんに目で挨拶すると、空になった皿を下げて、コーヒーを入れてくれた。

酸味を感じさせる、コーヒー独特の匂いだ。カップを持ち上げて芳香を楽しむ。これもまたグッドだ。

「すごく美味しかったです」

「どういたしまして」

給仕とメイドはリキオーの言葉に柔らかい微笑みを浮かべて部屋を後にした。

ハヤテもシッポをフリフリする。

「このコーヒー、どこで作ってるんだ。たまらん」

コーヒーの香りを楽しみながら、リキオーは、ユシュトでは手に入らなかった特殊な矢弾のこと、エルフのことを考え、この二つは王都に来たからには絶対手に入れたいと考えていた。

(コンラッドさんに聞いたらわかるかな。わかんなくても調べてくれるよな)

リキオーは、再び呼び鈴を鳴らす。チリリンと清らかな鈴の音《ね》が耳に心地いい。

すぐにコンラッドが現れた。

「お呼びでございますか。リキオー様」

「二つほど調べ物を頼みたいんですけど」

「どんなことでございますか」

「一つ目は武器のことなんだ。俺は戦士をしているが、ちょっと特殊な武器でね。退魔の効果があるものだ。これに詳しい鍛冶か職人について調べて欲しい。作って欲しい物は矢弾、弓に使う矢弾なんだ」

コンラッドはメモを取ることもせず、客の要望に耳を傾けていた。

「はい、承りました。もう一つは何でございましょう」

「パーティで後衛を務めてくれる魔法使いを探しているんだ。それでちょっと言い難いんだけど、学院の関係者でなく、奴隷を買いたいんだ。できればエルフの奴隷がいい」

エルフ奴隷は、当然のことながら法律を逸脱しているが、言わねば先に進まないのだ。

しかし、コンラッドは全く動じることもなくリキオーの言葉に耳を傾けている。

「失礼ですが、リキオー様のご予算を伺ってもよろしいでしょうか」

「アンブローズ金貨五百枚だ」

「！」

リキオーは元からインベントリに入っていたアンブローズ金貨を一枚、無造作に取りだし、コンラッドの手に無言で渡した。今まで全く動じることのなかったコンラッドに初めて驚きの表情が浮かんだ。

「は、拝見します」

リキオーは暇なときに、インベントリの中のアイテムをすべて【鑑定】してみたことがあった。金貨もだ。そして、わかったのは、インベントリに入っていた金貨はただの金貨ではないということだ。

この国には通用する貨幣が四つある。銅貨、銀貨、金貨、そしてメトルである。

金貨には等級で二つの区分がある。

一つは一般的な金貨で銀貨に両替されるもの。これは銀貨千枚と同価格の金貨だ。そしてもう一つがアンブローズ金貨だった。

ちなみに金貨の上にある貨幣メトルは一般には流通しない。国がメトルを扱う者に求めている資質を、冒険者ランクSに制限しているためだ。

アンブローズ金貨は先王アンブローズが発行したもので、在位が短かったため、希少性がものすごく高い。コレクター垂涎《すいぜん》の硬貨で、まとまった枚数で存在すること自体が稀だ。そのため、メトルとも両替ができる。

アンブローズ金貨一枚で一メトルと言われ、市場価格で通常金貨千枚の価値があるとされている。

そのアンブローズ金貨を五百枚もリキオーは持っているのである。となれば、ちょっとした国家予算に匹敵する。

【鑑定】し終わったコンラッドは冷や汗を掻いている。

商業ギルドの大切なお客様なので最大限便宜を図って欲しい、とラースから言われていたが、それも納得である。

コンラッドは無言のままアンブローズ金貨をリキオーに返却したが、その表情は硬いままだ。

「驚きました。私も実際に見るのは初めてです。しかし、私の鑑定スキルがそれがたしかに本物であることを証明しています」

「うん、とりあえず予算は問題ないよね。いくら禁制品って言っても金貨千枚で買えないなんてあり得ないし」

「はい、承知しています。ですが、やはり、お気に召すかどうかは実際に会われたほうがたしかです。私は業者への渡りと相場や場所などの情報提供に限らせていただきます」

「うん、それでいいよ。それからやっぱり額面が大きすぎて扱いに困るから崩せないかな」

「私どもでも扱いに困りますので、一枚を担保にしていただいて、当方で金貨五百枚をお貸しするのはどうでしょう」

「そうだね。じゃ、お願いするよ」

リキオーは返された金貨をそのまま手渡した。コンラッドはそれを胸元から取りだした真っ白いハンカチに大事そうに包んで、静かに頭を下げる。

「たしかにお預かりいたしました。少々お待ちください」

彼が何かの仕草をすると、扉が開いて警備の兵と手提げ金庫を持ったメイドが現れた。コンラッドの指示に従い、メイドは手提げ金庫を開いて金貨を用意し、紙とペンを差しだす。リキオーはこの世界に来て初めて目にした紙に、少しだけ驚いた。

「預り証と、貸出の契約証でございます。サインをお願いします」

リキオーがサインを済ませると、メイドは兵と一緒に部屋を出ていった。手提げ金庫はそのまま置いてある。

「それではリキオー様、情報をお調べてして参りますので、しばしの間お待ちください」

「うん、頼みました。よろしくお願いします」

コンラッドが去ると、リキオーは手提げ金庫の中身をざっと眺めてからとインベントリに無造作に放り込んだ。ジャラジャラ、と目に眩しい金色の輝きが何もない空間に吸い込まれていくのは実にファンタジーな眺めである。空っぽになった金庫も同様に中に入れてしまう。そして、スタックの結果をたしかめた。金貨五百枚。たしかにコランッドが言った通りであった。

22　エルフの少女との再会

情報を待っている間、退屈をしていると、ヤバい情報のほうが先に来た。

ヤバい情報、つまり、エルフ奴隷の情報である。

矢の補給も大事だが、こちらのほうが本命だったので、小躍りするリキオー。さっそく、エルフの奴隷が売買されているという会場に向かう。

リキオーは怪しい街区を進んでいた。王都にもこんな場所があるんだなあ、と全くおのぼりさん気分である。

コンラッドに渡された地図とシステムウィンドウの機能であるミニマップを照らし合わせ、迷うことなく、目的地に着くことができた。

そこには低い建物があり、入口には強面の用心棒が立っていた。

入り口の男たちに、コンラッドからあらかじめ渡された割符《わりふ》を差し出すと、男たちはそれをたしかめてドアを開けた。するとそこには支配人らしき目つきの鋭い男が立っていた。

「今夜はどういったご用向きでしょうか」

「エルフの奴隷っている？」

「失礼ですが……」

「〝アスピスの城より来るもの〟」

コンラッドから教わっていた、会場に入るための符丁を伝える。

「こちらへどうぞ」

面白い場所だ。どんな魔法がかけられているのかわからないが、ミニマップが阻害されている。

そこからさらに奥へ通されると、そこには長い廊下の左右に牢屋が設《しつら》えられていた。

牢と言っても、そこに囚えられた者たちの扱いは酷いわけではないようだ。床は石造りで冷たそうだが入っている者たちは服を着ているし、靴も履いている。部屋にはそれぞれ床から高くなった寝床やトイレも備わっていた。

「どうぞ、こちらで気に入った奴隷をお選びください」

リキオーはチップとして男に銀貨を数枚握らせると、牢屋の中にいる者たちを検分しはじめた。

面白いことに、その中にはエルフのコスプレをした人間の女もいた。

ステータスを見ることができるリキオーには種族や年齢、スキルのことで隠し事ができないのだ。

また、みんな美女だと思ったらエルフの男もいた。

一通り見てみたが、どうやら今回はハズレを引いてしまったらしい。これぞというエルフはいなかったのだ。

こんなことになるなら人攫いの馬車に囚われていたエルフ少女に、仲間にならないかと声をかけておけばよかったと思ったが、後の祭りだ。

(ちっ、せっかく王都まで来たのにな)

リキオーは自らの不運を呪った。

＊＊＊

リキオーは奴隷市場を後にすると、衣服屋に向かい、エルフ用の装備品を一式を八つ当り気味に買い求めた。エルフの精霊術士はいつかは仲間にする予定なので、先に装備品を揃えておいたのである。

その後、王都の外に出て、ハヤテの餌となる獣を探しては屠《ほふ》った。

しばらくすると、茂みの中からガサガサと音が聞こえてきた。

リキオーがじっと見つめていると、現れたのはなんと、先日、人攫いから助けだしたエルフの少女だった。

彼女は以前に会った時よりも酷い有り様であった。

ほっそりとした腕やしなやかに伸びた脚は汚れ、裸足の足にはたくさんの擦り傷が見える。腰まである銀髪は伸び放題でほつれている。

それでも、彼女を彼女たらしめているのは、瞳の奥から滲みだしている魂の色だった。

見た目はボロボロであったが、彼女の高貴さは少しも損なわれてはいなかった。

エルフの少女が口を開く。

「……あなたに礼を言いたくて」

唐突な言葉に驚くリキオー。きっとこのエルフの少女には恨まれたと思っていたのだ。礼を言われるとは思ってもみなかった。

「アングラーを倒したのですね」

ふと、リキオーは気づいた。彼女は、あの戦いをその場で見ていたのだ。

とはいえ、リキオーは、彼女の口から実は鷹の巣団だけでアングラーを仕留めたのではないと露

見したりはしないだろうと踏んでいる。

このヒト族が支配する世では、何の後ろ盾もないエルフの言など取るに足らないものだからだ。

だが、ここでその可能性の芽を潰せるなら……。

リキオーの彼女を見つめる視線が厳しくなった。彼の口から本音がこぼれる。

「そうか、見られていたのか」

「……殺すのですか？」

一瞬、目の前のヒト族の男から剣呑な雰囲気が滲《にじ》み出すのを感じ取り、彼女は死を覚悟した。

しかし、殺気はすぐに消え失せた。

「殺すわけないだろう。いずれバレるとは思っていたんだ。いいよ。それで用が終わりなら行きなよ。追いはしない」

この言葉に、エルフの少女は少なからずショックを受けた。

彼女は、彼に会えば何とかなると思い、必死の思いで姿を現したのだ。

これまで彼女は、故郷に戻ることもできず、獣や魔物から逃れるように森の中を彷徨いながら、リキオーを探し続けていた。

「……あ、あなたはこんな弱い女を放って置くのですか」

エルフの少女は、泣きべそを掻くように顰まれな美貌をくしゃくしゃにして、リキオーをにらむ。

リキオーは彼女を見つめながら考えを巡らす。

彼女の身なり、脚の付け根まで露出したセクシー過ぎる格好、ヒトを軽く凌駕《りょうが》した美貌、そしてエルフという種族。これらを考慮に入れれば、やがて悪い輩に見つかり闇ルートに流されてしまうだろうことは簡単に予想できる。

リキオーはたしかに彼女を人攫いの手から逃した。

だが、それだけで、彼女のその後の生活に責任を負う必要はない。それでも、拾った猫を飼えないからという理由で、再び捨てに行くような後味の悪さも感じるのも事実である。

それに、先ほど奴隷市場で、エルフの精霊術士を獲得できなかったことも拍車をかける。

「んー、たしかに〝魚じゃあるまいし〟、何の準備もさせないで逃したのはこっちが悪いよなあ。仕方ない。当座の面倒は見るよ」

「……感謝します」

そう言うと、エルフの少女はホッとした表情をして顔を赤らめた。

「ところで〝魚じゃあるまいし〟とはどういう意味です？」

「魚を知らないのか。水の中にいて鱗がある……」

「そんなことは知っています！」

カッと顔を赤らめて激昂するエルフの少女。

リキオーは、一度助け、そのまま逃したエルフの少女の境遇を、魚釣りのキャッチ・アンド・リリースにたとえたのだが、彼女には伝わらなかったようだ。そもそも、趣味としての魚釣りの習慣のないこの世界では、通じないのも無理はなかった。

それでも無理に説明してみたら、「食べもしないで楽しむために捕まえるとか言語道断ですね」と憤慨された。全くその通りだ。

奇妙な出会いにはなったが、これで彼女がパーティに加わってくれれば、精霊術士獲得だ。一応、王都に来た目的を達成できたことになる。

「君の名前は？　俺はリキオー。こいつはハヤテだ」

「アネッテです。あなたのことはなんとお呼びしたらいいのですか」

「好きにしたらいいよ。とりあえず、その格好じゃ王都にも入れんわな。そうだ、王都でいろいろ買い込んでいたんだった」

そう言ってリキオーはインベントリから、精霊術士用の装備をアネッテに手渡していく。

アネッテはそれらを受け取りながら、不可思議な光景に呆気に取られていた。

「あなた、今……、今、何をしました」

「ん？　ああ、これか、内緒だ」

「なっ……！」

「そのうち話すよ。機会があったらな」

説明が面倒なのでスルーしたリキオーを、アネッテは不信感も露《あら》わににらむ。

アネッテは、渡された装備を身につけると、満足したように微笑みを浮かべたが、リキオがあまりにジロジロと見るので、再びムッとした不機嫌そうな表情に戻った。

「よし、これでフードを目深に被れば、エルフだとバレずに済みそうだな。ホテルに戻るか」

リキオーは、アネッテにローブの襟元についているフードを被らせ、強引に彼女の細腕を握った。

そしてその手を引きながら王都の門をくぐり、馬車を呼びホテルへ向かった。

彼女は連れて行かれたホテルの部屋に通されると、混乱した様子でリキオーを見つめていた。

きらびやかなシャンデリアに、塵一つない磨き上げられた床。

見るだけで金額が張るとわかる家具の数々。

シェラザードホテルは一流の貴族や大商人しか利用できない、一級、いや特級のホテルだ。

駆けだしの冒険者が泊まれるようなホテルではない。

リキオーは何ら気負った様子もなく、当然のように、ふかふかのクッションの置かれた豪奢なソファに腰掛けた。

「ああ、勘違いするなよ。この部屋をとっているのは俺じゃなくて商業ギルドだからな」

「あ、あなたは何者なのです。あれほどの腕を持っている上に、この待遇……」

「さぁてな」

アネッテはただ驚くばかりであった。

客室係を呼び、お茶の用意をしてもらうと、爽やかな香りが気分を癒していく。

客室は十分広く部屋数もあるので、アネッテ一人ぐらい匿《かくま》ったところでなんの問題もない。

とりあえず、彼女の人となりを本人から直接聞く。

一緒にいる以上、お互いのことをある程度知っておくことは大切だ。

また、リキオーの知らないエルフの慣習とかで不用意に地雷を踏むのは避けたいというのもあり、事前に話し合っておきたかった。

「それでアネッテ。君は故郷に帰りたいとは思わないのか」

「……。あなたは何もエルフについてご存じないのですね。里を出たエルフは本人の望む望まないにかかわらず、もう二度と故郷に戻ることはできないのですよ」

エルフは引き籠もり種族として有名だ。

また種族の団結力がとくに強いことでも知られている。

だが、それは種族の故郷である「隠れじの森」にいる間だけだ。

エルフは、なぜか、故郷を離れたものを排斥《はいせき》する傾向がある。彼女のように人攫いによって里から連れ出された者も、一族から放逐され里に帰ることを許されないのだ。

彼女のように人攫いの被害に遭い、自らの意思とは関係なく里との縁を切られてしまうというのは酷い話だとリキオーは思う。

「俺はエルフの精霊術士が欲しかった。だから君が来てくれて嬉しいよ」

リキオーはそう言うと、ハヤテに目配せした。

ハヤテはわかったというふうにアネッテの裸足の足の傍に蹲《うずくま》って、彼女を見上げる。

「こいつはハヤテ。俺と魔力回路で繋がってる。俺のことを聞きたかったらこいつに聞けばいい」

魔力回路で繋がっている者同士は互いの意思を概念伝達で伝え合うことができる。

と言っても漠然としたイメージ程度なので、リキオー自身はハヤテと会話できないし、何となく彼の言いたいことを察せられるだけである。

＊＊＊

その後、コンラッドが魔具に詳しい職人がいると言うので、ハヤテとアネッテをホテルの部屋に置いて、リキオーは一人で会いに行った。

コンラッドからは事前に、その職人、クレールに一報入れておくということだった。

武器屋やアイテムなどを扱う商業区を進んでいくと、下請けの職人たちが住む区画があった。目当ての職人はその一角に住んでいるらしい。

「ここかな。失礼しますよ」

いかにも職人の工房らしい部屋で、何に使われるのかわからないパーツと使いかけの工具が机の上に広げられていた。

リキオーがさらに扉を開けて奥へ入ると、そこは居心地のいいゲストルームになっていた。

奥で人の気配がするので呼びかけてみる。

「こんにちは。クレールさんは、いらっしゃいますか」

「私がクレールだが。君が魔具について聞きたいという方かね」

出てきたクレールという男は、学者肌の神経質そうな顔だった。

ジロジロと物珍しそうにリキオーの身につけているものを眺めている。

「私はリキオーといいます。侍です」

「それで魔具について何が聞きたいのかね」

「私は破魔弓という退魔武器と、その矢弾である鏑矢《かぶらや》というものを使っています。あなたは鏑矢について何か御存知ですか」

「その矢を今、持っているかね。よかったら見せてくれないか」

「どうぞ」

リキオーは鏑矢の一本を取り出すとクレールに手渡した。

「ふむ、ほほう、面白いな。この矢自体が退魔の性質を持っている。しかも先端の部分が笛になっていて効果を増幅しているのか。そして興味深いのはこの羽根の部分だな。ありがとう、いいものを見せてもらった。しかし、残念だが私の作っているものと性格が違うな」

クレールはそう言って、彼が作っている魔具の矢をリキオーに渡した。先端は普通の矢のように三角錐の鏃《やじり》で、胴の部分に何かの呪術的な文様の彩色が施されていた。しかし、それはリキオーの使う鏑矢とは違った。根源的な部分で。

「これも魔具なのですね。でも、どこか、違う……ような」

「魔具にも性質がいろいろあるんだ。これはこの国の伝統が創りだした魔具で、結局、この国で作った退魔魔具用の弾なのさ。つまり、汎用的な魔具なんてないんだよ。専用なんだ」

「ということは、私の退魔具の専用の弾は私の国でしか作れない……」

「残念だがな」

「結果は残念ですが、やるべきことがわかったのでよかったです」

「そうか。少しでも役に立てたなら嬉しいよ」

リキオーはクレールと握手をして彼の元を去った。

23 転職の神事

とりあえず、当初の目的は達した。

エルフの精霊術士は手に入れたし、魔具のことは残念だったが、それは仕方がない。

そういえば、リキオーがこの地に連れて来られた理由でもある商業ギルドの件は相変わらず何の進展もない。

待っている時間を利用して、アネッテを連れて魔道具の店に行き、彼女の精霊術士としての装備を本格的に揃えることにした。すでに初めて会ったときに基本的な装備品は渡してあるのだが、やはり本人がいないと、彼女に本当に似合うものが手にできない。

「あなたは私に何をさせたいのです？」

「ああ、言ってなかったか。パーティを組んで欲しいのさ。後衛としてね」

「私の精霊術士としての能力が欲しい、ということですか？」

「そう。こいつも成長したら狼のスキルを覚えてもらって、三人でパーティとしてクエストをこなせるようになりたいんだ」

そう言うと、リキオーはウィンクしてハヤテの頭を撫でた。

アネッテはリキオーのウィンクに気づき、恥ずかしそうに頬を薄らと赤らめた。

しばらくして魔道具専門店に着いた。

彼女に合う装備を整えようと、とりあえず店員に精霊術士の基本的な装備を用意してもらう。

リキオーが必須の装備だと考えたのは、サークレットである。これはデザインと性能とを比較して決めることにした。サークレットをした彼女は、本当にどこかのお姫様みたいで美しかった。半月状の飾りが額で光っていてよく似合っている。

次は、精霊術士といったら杖でしょ、ということで、両手杖を持たせることにした。基本的に魔法の詠唱に武器はいらないので、この杖は魔法効果を高めるためだ。

胴装備は新たにローブを購入した。彼女の精霊力のステータスに表れない部分を見越してだ。その他にはネックレスと腕輪と指輪。あとはレベルに見合ったスクロールを買った。スクロールとは、魔法を習得するためのアイテムであり、巻物のような形状をしている。

飛ぶように金貨が消えていったが、アネッテのためなら仕方ないと割り切っている。

「うん、よく似合ってるなあ」

「そうですか？」

アネッテは着せられた精霊術士の装備にも何も感じないのか、淡々とリキオーの前で立ち尽くしているばかりだ。ハヤテは彼女の足元でシッポを振っている。アネッテはハヤテを見つめ、困惑したような表情を浮かべた。

「あと、これはハヤテにな」

リキオーはハヤテの首に金色のネックレスをつけた。ハヤテはどこか誇らしげな顔をしてる。

アネッテは、ハヤテにぎこちない微笑みを向けた。

それからアネッテを冒険者に登録するため、教会に向かった。

お布施を多めに渡したので、様々な手続きが省かれ、儀式への予約はすんなり通った。

荘厳でやたら天井の高い建物である。

作りはローマのパンテオンのようで、奥に進むと台座があり、そこで神に跪《ひざまず》く儀式を行う。

神父が詔《みことのり》を唱えていく。

すると跪いたアネッテを祝福するように、パアッと彼女の上に光が降りて来た。

なぜか、神妙そうに瞳を閉じたハヤテの上にも光が降ってきて、彼らの体を包み込む。

光が収まるのを確認してから、リキオーはアネッテに話しかける。

「おめでとう、アネッテ。今日から君も冒険者だ」

アネッテは照れ笑いを浮かべて、リキオーを見つめた。

「ハヤテは？　ハヤテも光を浴びたように見えたが」

リキオーの言わんとしていることを察してか、ハヤテが頷くように吠える。

「ウォン！」

リキオーはすぐにハヤテのステータスを見てみた。

ステータス -STATUS- CLOSE

名前　：　ハヤテ（1）
クラス：　リキオーのペット
ジョブ：　剣狼《けんろう》
レベル：　1

LP 12　HP 8　MP 4

力	8	耐久	7
器用	7	敏捷	6
知力	4	精神	4
運	10		

ボーナスポイント：10
スキルポイント：3

「うは！　ハヤテ、お前、すげぇな！　お前も冒険者だ！　おめ！」

ハヤテは一声吠えると、隣で「ハヤテさん、おめでとう」と優しく微笑んでいるアネッテに飛びついて彼女と喜び合う。

（ウソーッ！　ペットも冒険者にできるんだ。ナニ、剣狼ってかっこいいんですケドー）

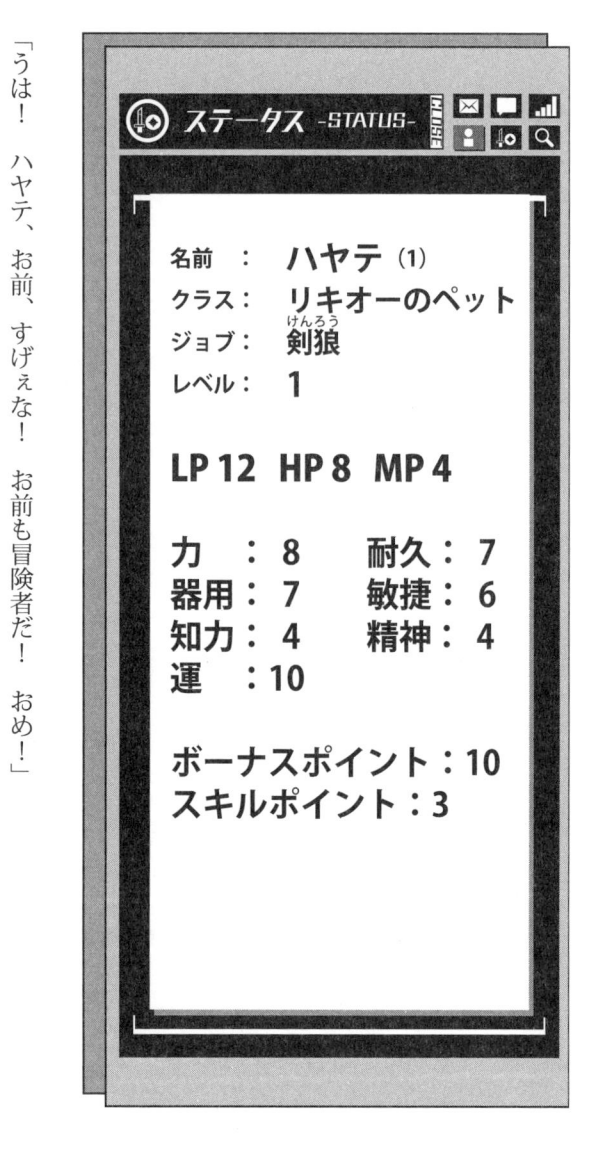

リキオーはハヤテが冒険者になれたということに、ただただ驚いていた。
ついでにとアネッテのステータスも確認する。

ステータス -STATUS-

名前　：　アネッテ（18）
クラス：　精霊樹の癒し手
ジョブ：　精霊術士
レベル：　1

LP 12　HP 17　MP 37

力	4	耐久	6
器用	8	敏捷	7
知力	10	精神	9
運	10		

ボーナスポイント：10

■ジョブスキル
【精霊語翻訳（b）】

アネッテのジョブが、ちゃんと精霊術士であることを確認し、改めてホッとするリキオーだった。

24　魔法と科学

教会での神事を終え、ホテルの部屋でのんびりしていたところ、ドアがノックされた。

「失礼します、ラースです。リキオー様、長らくお待たせしてすみませんでした」

「いえいえ、お気になさらずに。こちらは仲間を増やしたり忙しくしていましたので」

ラースはチラッとアネッテを見つめ、ほぅと息を漏らした。

「ああ、紹介しますね。彼女はアネッテ。精霊術士です」

「リキオー様のお仲間でしたら、リキオー様と同様のサービスを提供させていただきます。ユシュト村で商業ギルドの支店長を致しております、ラースと申します。以後、よろしくお願いします」

「アネッテです……」

彼女はただ一言呟くように自分の名前を告げると、それきり黙ってしまった。

見たことのない人間に緊張しているのだろう。

そんなアネッテの様子を横目に、リキオーは苦笑してラースに話しかけた。

「それで、ラースさん。ギルド本部の方はどうなったんですか」

「はい、その件でお伺いいたしました。ようやく、街道の国家災害級モンスターの死体の処理が済みましたのでね」

国家災害級モンスター、アングラーの巨大な死骸は橋の架かっていた部分を完全に破壊していた。あれだけデカい死骸を処理するのは大変だったろう。

「それで、先来の馬車の中でも少しお話を伺ったかと思いますが、私どもがリキオー様を王都にお呼びだてしたのは、アイディアを他にもお持ちでないかと思った次第でありまして」

リキオーが商業ギルドの魂胆にあからさまなため息を吐くと、ラースもいやあ、と頭を撫でながら呟いた。しかし、彼の目元は笑っていない。

「いいですよ。実はちょっと大きい物を構想しておりますしね。それがもし実現できると、王都交通に大きな変化を起こすことになるやも知れません」

「おお！　そ、そんな物が」

ラースとしては正直、リキオーの持つ知識やアイディアは彼一人で独占したいところである。

「予備知識としてラースさんに伺っておきたいのですが、今、船はどういった方法で動いているのでしょうか」

「船……ですか、港に停泊するような船のことで？」

「そうです。外洋の定期船とか他の国との交易に使っている船です」

「今は帆船が唯一の航行手段となっておりますね。船旅はいいですよ、だいぶ時間がかかりますが」

「しかし、風まかせの旅は大変でしょう。難破も多いのではありませんか」

「そうですね。しかし、それは船旅には付き物です。仕方ありません」

ラースが「仕方ない」と言ったところで、リキオーは膝を手で打って立ち上がり捲し立てた。

「そう、そういうところなんですよ。仕方ない、と考えてしまったらそこで話は終わってしまう。考えていたのですが、どうも皆さんはこれはこういうものだからもう仕方がない、となったら梃子《てこ》でも動かない、そんなふうに見えるのです」

「いやぁ、やはり、リキオー様は目のつけどころが違うのでしょうな。私どもにはとても考えが追いつきませんので」

ラースが呆気に取られていると、リキオーもそれに気づいたのか苦笑して座り直した。

「ラースさん、私が作った手漕ぎポンプですが、あれが新しい発明の基になるんですよ。勿論そのままではありませんが。先ほどの船の話は置いといて、今回は別の話をさせていただきますよ。そちらも十分に刺激的なお話だと思います。手漕ぎポンプをどなたか若い人に渡して何か思いつかないか試してみませんか」

「フフ、リキオー様には頭が下がる思いです。それでは船の話はまだ私の胸のうちに隠しておいて、仰るとおりにしてみましょう。ところで、王都のギルド本部のほうにおいで頂くのは、明日でもかまいませんでしょうか」

「はい、そのときにはペットも連れて行って構いませんか」

リキオーはアネッテの隣でソファに蹲《うずくま》っているハヤテを指さして言った。

「はい、勿論でございます。そちらのお仲間の方も歓迎いたします。それでは明日、昼前にはお迎えに上がります。失礼致します」

ラースが出て行ってしまうと、リキオーはふぅとため息を吐いて、アネッテを振り返った。

「アネッテ、俺の話、どう思った」

「マスターはホラ吹きなのかしら？」

彼女には目の前にいる自分の運命を託した男が、また一つわからなくなったようだ。今の話を聞けば、ギルドにホラを吹き込み、商売を成功させたとも取れる。

リキオーはソファの端に座るアネッテを見つめていて、ふと思いだした。

「そうだ。アネッテ。その服だけど、スカートもついていたんじゃないの？」

「ええ。ついてました。でも人攫いに襲われたとき脱いでたから……」

「パンツ丸見えなんだけど……」

「マスターのエッチ」

今更ながらに指摘されて気づいたアネッテは、カアッと顔を赤らめると、ギュッと裾を押さえた。

リキオーは心の底から笑った。

そしてアネッテにクッションを投げつけられた。

翌朝、食卓についたアネッテとリキオーは、ホテルの朝食を食べていた。エルフの食性は知らなかったが、彼女が肉を食べているのを意外に思う。

「マスター」

「ん、なに」

「エルフだって、お肉食べます。森で猪を狩ったり、村には家畜もいました」

自分が肉を食べるところを珍しいものでも見るように眺められて、彼女はムッとした表情をした。

「ああ、ごめんね。森の人っていう印象だから菜食主義なのかなあと思ってたんだけど安心した。種族によって禁忌の食べ物もあるのかと思ったんだ。美味しい？」

「……美味しいです」

怒っていても舌は正直だ。ここのホテルの食事は、彼女が今まで食べた物の中で確実に最上位に位置する味らしく、思わず素に戻ってしまうということだった。

「そうか。良かった。美味しい物を食べると元気になるからね」

リキオーは、料理が美味しかったことより、アネッテが素の表情を見せてくれたことのほうが嬉しかった。

「それで、アネッテは今日の商業ギルドの招待はどうするの？　俺としてはここで待っててくれても構わないけど」

アネッテが少し悩みながら返答する。

「マスターも行くのでしょう？　だったら行きます」

「それなら何着ていく？　俺の見立てたドレスでもいい？」

「す、好きにすればいいでしょう！　私はマスターについていくしかないんですから」

急なリキオーのお願いに戸惑ってしまい、ついつい刺々しい言葉になってしまうアネッテ。

「おっけー。メイドさん、お願いします」

リキオーはメイドに目配せする。

「はい、ただいま、お持ちします」

「な、なんですか、マスター！」

給仕の後ろに控えていたメイドたちが、満面の笑みを浮かべてアネッテに迫る。

「着替えるだけだよ。大人しくしてなさい」

アネッテはメイドたちに取り囲まれて、「えっ？　えっ？」と疑問符を浮かべているうちに部屋の奥に連れ込まれていく。

ハヤテはリキオーを見上げて、はぅんと首を傾げた。

「アネッテはお姫様だからね。綺麗なところが見たいんだよ」

元からお姫様みたいに綺麗なアネッテだから、ドレスで着飾らせてやればどこに出しても恥ずかしくないご令嬢に見えることだろう。そんな下心で、ホテルのメイドに着つけを頼んだのだ。

リキオーはコーヒーの馥郁《ふくいく》たる芳香を肺いっぱいに吸い込みながら、着飾ってお姫様のコスプレをした彼女の姿を想像して食後のデザート代わりにした。

25　発展と競争

リキオーたちは商業ギルドからの迎えの馬車に乗って、王都のメインストリートの凱旋通りを進んでいた。

リキオーがアネッテに話しかける。

「緊張してるの？」

「ううん、違う。こんな格好をさせられていても私は……」

先ほどメイドさん総動員でアネッテが着つけてもらったのは、お姫様ドレスというやつである。裾がふんわりと広がっていて肩は露出しているが、胸元はセクシー過ぎない。ロンググローブを嵌《は》めた手の先に、孔雀《くじやく》の羽の扇でも持たせれば、さらに完璧なお姫様だ。

きらびやかな輝きを放つティアラもよく似合っている。

リキオーはアネッテの手をずっと握っていた。彼女はその手を振り払わずに握ったままでいてくれた。

ギルドの王都本店に着くと広い部屋に通された。

リキオーが出された紅茶の香りと味を満喫していると、ドアが開かれて恰幅のいい、いかにも偉そうな男が入ってきた。

「お待たせしてすみません。ようこそ、商業ギルド王都本店へ、私は本部理事のエッケハルトと申します」

「あ、どうも。リキオーです。ここの紅茶、すんごく美味いですねえ」

「でしょう？　王都でも、王族の方、貴族の方に卸している商品なのですよ」

「はあ。私みたいな田舎者が飲めるようなものじゃなさそうですねぇ。それで、何かお話を伺いたいと聞いてきたのですが」

「はい。リキオー様の手漕ぎポンプ、そして風呂、どちらも素晴らしいもので、現在、王都でも引き合いがとても多いのでございますよ」

「ポンプの方はともかく、風呂の方は大工の棟梁のお弟子さんたちが、こちらが一と言ったことに十で応えていただいてできたものですよ。私は、ほんのちょっとの発想しか提供していません」

「はい、私どももそれは承知しております。ですが、何が商売の種になるとも限りません。聞けば、支店の担当者がリキオー様の、その些細な発想から種を大きくしたと伺っております。私どもにも、そういった些細な発想の種をおゆずり頂けないかと。そういうわけでございます」

リキオーは紅茶のカップを置いて、顎を押さえて、んー、と考えはじめた。

「一応、考えてきたことがあります。が、そのものズバリ、という答えを言ってしまうと私もつまらないので、ヒントを出すというのはどうでしょう」

「フフ、それは面白いですな。リキオー様の発想から私どもが頭を使って出した答えがあっていても間違っていても、出たものが商売の種になるのであれば、それはもうギルドのものとしても構わない、ということですな」

「お話が早くて助かります。私はそのものズバリを知っていますが、それをそのままお話ししてしまったら、ギルドの方たちから情熱を奪ってしまうような気がするんですよ」

エッケハルトの後ろに控えている者は、メモ帳を片手にリキオーの言うことを一字とさえ聞き漏らすまいと、書き綴っている。

「では、その種をご披露することにしましょう。まずはこんなところから。私は先日、英雄殿の凱旋に合わせて王都にやってきたのですけど、馬車って長時間乗ってると、お尻痛くなりません？」

「たしかに長時間の移動は体にこたえますね」

「でしょう。でしたらそれを改良することは今まで考えてこられなかったのでしょうか」

「具体的にはどういった方面でお考えでしょうか」

「馬車が悪いのか、馬が悪いのか、道が悪いのか。それによっていろいろな対処法があるのではないでしょうか」

それから、ギルドの職員たちはリキオーの言うことを逐一メモを取っては、何とかそのものズバリを聞き出そうとしたが、リキオーは巧妙にはぐらかし続けた。

実際のところエッケハルトも、リキオーからお金儲けにつながる話が聞けると思っていた。だが、はぐらかされ続けるばかりで一向にそういう話にならず、とうとう堪忍袋の緒が切れてしまった。青筋を立てながらも丁寧な態度で暇《いとま》を告げると、ドタドタと足早に出ていくのだった。

メモを取っていた部下たちも愛想笑いを残して去ってしまい、リキオーはすっかり冷めてしまった紅茶を継ぎ足して飲みはじめた。ずっと下を向いて、ボウッとしていたアネッテが初めて顔を上げて、彼を見た。

「マスター、どうして意地悪なことばかり言って相手を困らせているんですか？」

「だってツマラナイだろ。どうせ、相手はこっちは田舎者と見くびってウマい話を出せとばかりに王都なんかに呼びだしてるんだよ。少しくらい苛めたっていいじゃないか」

アネッテは突然クスクスと笑いはじめた。ずっと気を張っていたから疲れてしまったらしい。

「何だかバカみたいです。マスターはおかしいです」

「そうか？　俺はアネッテが笑ってる顔が見れて最高の気分だけどな」

「ずるいです、そういう言い方」

アネッテは顔を赤く染めて視線を逸らした。

ハヤテはやっと話が終わったのかと、伸びをしてブルブル体を震わせ、アネッテのドレスから覗いた脚に鼻先を擦りつける。

用事は済んだと勝手に判断したリキオーは、アネッテの手を握って外に連れだした。純白のお姫様ドレスを着た彼女はとても美しかった。

ハヤテも元気よく駆けだすとワウワウと吠え、彼女を褒めているようだった。

それからホテルへと帰った。

もう王都での仕事は終わったとばかりに、これからはじめることをリキオーはいろいろ考えていた。

アネッテはお姫様ドレスを脱いでティアラとともにホテルに返却し、また緑色の胸元の開いたワンピースの姿に戻ってしまった。

ホテルの部屋でハヤテの毛並みを撫でるアネッテの美しさを堪能していると、ドアがノックされて、商業ギルドのラースがなぜか大量の汗を掻きながら入ってきた。

「こ、これは、リキオー様、このたびは大変申し訳ありませんでした。私どものギルド本店の幹部が大変失礼な対応をしたと聞きまして」

「いえ、別に気にしてませんよ。ラースさんとはこれからも仲良くやっていきたいし」

リキオーはあっけらかんと笑い声を上げて、気にしてないと手を振る。

「そう言っていただけると助かります。何とぞこれからもよろしくお願い致します」

最後までラースは、だらだら汗を掻いて平身低頭して出ていった。

これで、王都の仕事はすべて片づいた。

アネッテが仲間になり、商業ギルドにも一応アイディアを伝えた。

矢弾は残念だったが仕方ない。

破魔矢が調達できないとわかり、リキオーは生産スキルを本気で上げようと考えていた。ゲームだった頃にもやはり、矢は消耗品なので自分で作っては消費ということを繰り返していたのだ。

「あるいは本当に作っているところがあるのかもしれないな……」

リキオーの独り言が聞こえ、アネッテは疑問符を浮かべ彼をぼんやりと眺める。

ハヤテはいつものことだとばかりに、ファァと欠伸《あくび》をした。

26　銀狼団結成

リキオーが帰りの手段について思案していると、ホテル「シェラザード」のコンシェルジュ、コンラッドがユシュト行きの馬車を手配してくれた。屋根のついた六人掛けの箱馬車を、リキオー、アネッテの二人とハヤテ一匹で貸し切る贅沢な旅である。

懐かしのユシュト村に到着すると、広場の片隅で銭湯が営業しており、その周りに雑多なマーケットが広がっていた。

リキオーは、アネッテとハヤテを伴って、商業ギルドに顔を出した。そして預けていた自宅のカギを貰い、我が家に向かった。

自宅で数日のんびりし、いよいよ活動を再開することにした。

ハヤテとアネッテのレベル上げを行うのだ。

フル装備してアネッテとハヤテを連れて、午前中の割と早い時間に冒険者ギルドに向かった。

ギルド一階のカフェテリアは従業員が床をモップで拭いていて、清掃中で開店前といった雰囲気である。しかし、ギルドは基本的に二十四時間営業なので問題はない。

午前中の受付当番は、例によってアラベルだった。

「あら、いらっしゃいませ。ハヤテちゃん、大きくなってきたわね〜」

アラベルはリキオーにはほとんど目もくれず、ハヤテに手を振ってニッコリと微笑んでいる。

「オーナーに取り次いでもらえますか。大事な話があるんで」

「ええ、いいわよ〜、ちょっと待っててね」

アラベルは、カウンターから離れ、二階へ案内する。どうやらそこにオーナーがいるらしい。

「どうぞ〜、中でお待ちよぉ」

中に入ると、オーナーがテーブルの向こうでふんぞり返って座っていた。

顎でリキオーたちにもソファに座るよう促す。

「よう、小僧。聞いたぞ、英雄殿の誕生に居合わせたそうじゃねーか」

リキオーは何も言わず頷く。

「くっ、笑わせる、鷹の巣団がいくら優秀でも、相手は国家災害級モンスターだぞ。強力なバックアップなしで死にもせず戦えるわけねーだろーが。まあそれはいい、で、そちらのお嬢さんはどこのお姫様なんだよ」

バルドが指さした先に座っている人物のフードからは、美しい銀髪がこぼれて流れていた。

リキオーは彼女のほうを向いて目配せする。

フードが解かれると、現れたのはこの世のものとも思えぬ美女だ。

バルドが大声を出して笑う。

「かぁ、お前、やることが極端だねぇ……フッフッ」

リキオーはバルドに尋ねる。

「テイムしたペットをパーティに入れた冒険者って今までに聞いたことあります？」

バルドは、エルフの少女の膝でしっぽを振る小動物を見た。

彼はバルドの視線を真っ向から受け止めて尻尾を振っている。

「真剣《マヂ》なのか？」

「マヂです。彼女と一緒に王都の教会で転職手続きしたら、なぜかハヤテにも光が降り注いで冒険者になってました」

誇らしげに「ワウッ」と吠えるハヤテ。目がくりくりしてて可愛い。

バルドはハヤテをしばらく見つめていたものの、視線をぐるりと回して両手を上げると降参のポーズをとった。

「まあ、そりゃ神様の思し召しってことだろう。俺にどうこう言える資格はねえ。だが、トラブルになって騒がれるのはゴメンだからな。嬢ちゃんと仔狼の登録はしてやるけどカウンターにはお前だけで来いよ」

バルドは、ちりんと鈴の音を鳴らして、アラベルを呼びだした。

「小僧のパーティ登録と、こちらのお嬢様方の冒険者登録、やってやれ」

バルドはそれだけ言って、部屋を出ていった。

アラベルは「はぁ～い」と間延びした声で返事をして、バルトの代わりに席に座る。

「それでは、失礼します。お嬢さん？　は冒険者登録ですね。こちらの木簡に書けるところを記入してください。わからないところは飛ばしていいですよ」

「マスター……」

「いいよ、そのまま書いて」

アネッテはエルフであることがバレるのを気にして躊躇《ためら》っていたが、リキオーに促されるまま、スラスラと記述した。

「他にパーティにするメンバーはいるのかな？」

アラベルが尋ねると、リキオーが答えた。

「うん、ハヤテ」

アラベルが一瞬沈黙する。

「えー、ウソ……ハヤテちゃん！　うそっ」

ハヤテはわうっと吠える。

「うそじゃないよっ」と言っているようである。

ハヤテの声にアラベルはデレっと崩れそうになる表情を、職業意識からか引きしめる。

「え、えー。じゃあ……ハヤテちゃん、登録手続きするね」

「ああ、登録は俺が代わりに書くから。プレートはアネッテは腕輪、ハヤテはペンダントにしといて」

アラベルはリキオーと手続きを進めながら、時折オッパイをプルンプルンと弾ませた。

素晴らしい眺めである。

リキオーが鼻の下を伸ばしていると、アネッテがリキオーの足の甲をサンダルの踵《かかと》でグリグリと踏み込んできた。

「報酬振り込みはすべて俺宛で。パーティ名は銀狼でお願いします」

リキオーは冒険者登録料の二人分、銀貨六枚を差しだして、ニッコリと笑う。この瞬間、銀狼団が結成されたのであった。

27　戦闘訓練開始1

翌朝、早い時間にギルドに寄った。

例によって薬草取得クエストや、低レベルの獣討伐クエストなど、地味なクエストを取る。

これらは本来Cランクのパーティがやるクエストではない。

リキオーはアネッテとハヤテが自分と同じレベルに上がるまで、Cランク相当のクエストを受ける気はなかったのだ。

このことで、ギルドのカフェに屯してる連中から陰口を叩かれていた。

いわく、「エルフ連れてるくせに草詰みしかしないエセ冒険者」だとか。

いわく、「風呂で湯立ちすぎたなまくら剣士」だとか。

とはいえ、彼自身はあくまでマイペースだった。

こうして銀狼団は、クエストに挑戦するために、街の外に向けて歩きはじめた。

街の出入口に向かうと、衛兵が人の出入りを監視していた。

街の出入には必ず、顔を見せながら身分証を出す必要がある。

だから、アネッテもフードを外してエルフであることを明かさなければならない。

「アネッテ、衛兵にじろじろ見られるだろうが、ドヤッて顔してれば平気だから何も考えずに通り過ぎろ」

「マスターの処世訓ですか。私は大丈夫です」

アネッテは、リキオーの手を握りしめて優しい微笑みを浮かべた。

村の出入口に立っている衛兵には、リキオーとハヤテはもう顔パスだ。身分証を提示すると、すんなり通してくれた。

しかし、アネッテはそうも行かない。やはり衛兵に呼び止められてしまった。

「ん、ちょっと待て。そっちの女、フードを外して顔を見せろ……お、なん」

アネッテがフードを外して横顔を見せると、衛兵はその美しさにフリーズしてしまった。それを見てリキオーが衛兵に声をかける。

「おい、プレートの腕輪、確認したろ。彼女も冒険者だ。通るぞ、いいな？」

「ハッ、お、おう、と、通れ」

こんな辺境ではもちろん、王都でだって滅多にエルフと出会う者はいない。竜人より希少種なのだ。驚くのも当然である。

リキオーはアネッテとハヤテを連れて町の外に出ると、東西に延びる街道を横切って、森の中に分け入っていった。

しばらく木立の隙間を縫うようにして、少し広いところに来ると立ち止まる。

「ようし、装備は準備いいな」

「はい、マスター」

アネッテが応えると、ハヤテも「わうっ」と吠える。元気いっぱいだ。

「じゃ、今日からレベル上げをします。主に二人に働いてもらう。俺は攻撃はしないから」

「マスターは何をしてるんですか」

「指揮を担当する。まあ見ればわかるよ。最初はあのブタからやるか」

ブタとはいえ、ワーピッグはレベル10相当である。なにせ牙を持っているし、プレス攻撃や突進といった攻撃手段も持っているので、初心者の冒険者にはなかなか侮れない相手だ。

「えっ、ちょっと、強くないですか」

「強くないと成長しないだろうが」

目の前では、そのブタが、ぎったんばったんと泥を撥ね飛ばし、ブヒブヒ言って気持ちよさそうに転がっている。

たしかにワーピッグはレベル1で当たるには厳しいかもしれないが、強い相手を敵にしないとレベルが上がらないし、経験値が美味くない。レベル上げに必要な取得経験値は彼我のレベル差が大きいほどボーナスがついて高くなる。

アネッテは初めての野外戦闘で少々浮き足立っていた。

どこか、おっかなびっくりといった様子だが、マスターであるリキオーを信じていた。

「アネッテ、防御呪文詠唱」

「はい！　【プロテクトヴェール】！」

カシャンカシャンという音が鳴って、アネッテとハヤテに鎧のようなエフェクトがかかる。物理と魔法の両方の攻撃耐性の呪文で、気を張ってる限り続く便利な魔法だ。今回、リキオーはパーティから外れているのでリキオーにはかからない。

「ハヤテ行け！　アネッテは続けて光系、弱体化魔法だ」

ハヤテがワウッと吠えながらブタに飛びかかると、ブタも泥から起き上がって反撃してくる。

ハヤテの爪がブタに迫るのと同時に、アネッテの弱体化魔法【ディアサイズ】と【パラライザ】が敵のブタを拘束する。【ディアサイズ】はじわじわと光系のダメージを与え、【パラライザ】はときどき麻痺をさせる魔法である。

「アネッテ、ハヤテにショートヒール」

「ま、マスター、私そんなにＭＰありませんよぅ」

アネッテは指示が飛ぶたびに焦った感じになってきて、泣き言を言う。

「ほれっ」

リキオーはインベントリからＭＰポーションを取りだし、ツカツカと近づいていってアネッテの頭の上からぶっかける。

「きゃっ、な、何するんですか！」

冷たがるアネッテは、消耗したＭＰが自分の中でぐんぐん回復するのに驚いている。

アネッテが戸惑う間にも、ブタの攻撃がハヤテにヒットする。

「ハヤテが死んじゃうぞ～、回復しろ～」

「わーん、【ショートヒール】！」

涙目になりながらアネッテは、ハヤテに回復魔法をかける。

危ないところでハヤテのＨＰが、ぐぃん！　と回復する。

勢いづいたハヤテが、ガウッと唸り声を上げて、ふらふらしてるブタにとどめを刺そうとするが、手負いのブタの反撃に逆に追い込まれそうになる。

「連続回復」

アネッテは、リキオーに言われるままに回復をかける。

そこでようやくハヤテがとどめを刺し、ブタを沈めることができた。

ハヤテはその場で立ちすくみ、ハァハァと荒い息を吐いている。

リキオーはブタの死体に近づいていって、インベントリに収納した。今夜はブタのステーキだ。

「よ～し、おつかれ」

アネッテが集中を解くと、防護呪文【プロテクトヴェール】の効果が切れた。

ハヤテがよたよたと戻って来たので、リキオーはＨＰポーションを取りだして、彼の頭の上からぶっかけてやった。

一瞬の冷たさに、わうっと吠えたあと、ハヤテは気持よさそうに体をプルプル震わせる。

その様子を見てアネッテは声を上げた。

「な、何、使っているんですか！　ポーションはすごく貴重なんですよ。さっき私にかけたのもMPポーションじゃないですか！　そんな贅沢品どうして持ってるんですか」

この世界ではポーションは貴重だ。おいそれと、たかだかレベル上げで使うものではないのだ。しかしアネッテに注意されても、リキオーは平然としている。

「持ってるから使う。それだけだ。どうせ、俺の懐から出てるんだからいいだろうが。それより、今のでレベルが上がったぞ。おめでとう」

「あ、ありがとうございます」

急に褒められて照れた表情を浮かべるアネッテ。

ハヤテもわぅーんと吠えてシッポをフリフリしている。

ちなみに、リキオーのインベントリに入っているMPポーションは不滅設定が施されている。つまり、空の瓶を入れておくといつの間にか満タンになっているのだ。これは、かなりチートアイテムだといえる。

28　戦闘訓練開始2

リキオーはいくつか、ポーションの試験管に似た形状の瓶を指の間に挟んで取りだしては、瓶越しのエーテルの輝きを透かして見ていた。ＨＰポーションは赤色、ＭＰは紫色の液体だ。

「アネッテもＭＰポーション、今度は飲んでみるか」

「は、はい」

瞳を伏せてあーんと可愛く口を開けたアネッテを見ていると、からかいたくなってしまう。そうして、鼻にＭＰポーションをポタポタと落とす。

「ひゃん、くしゅっ、くしゅん！　マスター、ひどいですぅ」

「ごめん、アネッテが可愛いからつい意地悪したくなるんだ」

「そ、そんなこと言っても騙されませんよ」

「ほれ、自分で飲め。瓶の口の金具を押すと開くから」

ちょっと赤くなったアネッテにＭＰポーションを渡す。

アネッテは少しドキドキしながら、金具を押して口に垂らしてみる。

「どんな味だ？」

「甘酸っぱい果実の味がしますが、やっぱり薬ですね。後味はあまり良くないです」

「そうか、俺はＨＰポーションしか使ったことないんだよ。ちなみにＨＰポーションは柑橘系っぽい味だ」

「あんまり積極的に飲みたくなる味じゃないですね」

「だからかけてるんだ。飲むほうが回復は早いんだぞ」

飲み終わって空になった瓶を返してもらい、懐からインベントリに放り込む。その様子を眺めているアネッテは不審そうな表情だ。

「マスターの不思議な鞄ですね。どこに持ってるんですか」

「さあ」

微妙にアネッテの視線が痛い。おかしな人を見る目である。それはそうだろう。この世界の誰もこんな怪しい鞄を持ってはいないのだ。

気持ちを切り替えてリキオーが叫ぶ。

「さあ、戦いの総括だ。ハヤテはとにかくガンガン、やってればいい」

ハヤテがわうっと吠えて、しっぽフリフリする。まだまだ可愛い盛りである。

リキオーはメニュー画面を開いて、パーティ一覧からアネッテの欄に移動すると、彼女のステータスを表示させて、自分のＨＰやＭＰが見えるようにしてやる。

ステータス -STATUS-

名前　：　アネッテ（18）
クラス：　精霊樹の癒し手
ジョブ：　精霊術士
レベル：　4

LP 18　HP 50　MP 96

力　：　6　　耐久：　9
器用：10　　敏捷：11
知力：26　　精神：15
運　：　8

New!!
レベル上がりました「1→4」

「ここ見てみろ。アネッテのＨＰとＭＰが表示されてるだろ。さすが、エルフだな。レベル３上がっただけで、さっきＭＰが37だったのが三倍近い96だ。これなら余裕だろ」

「は、はい、すごいですねっ」

アネッテは興奮した面持ちで顔を赤らめている。

「アネッテはそもそも戦闘なんてしたことないんだろ？」

「村ではある一定以上の年になると戦闘訓練をさせてくれるんですが、その前に攫われたので」

「駄目じゃん」

「はい……」

しょんぼりするアネッテも可愛い。

「アネッテには攻撃の手順を覚えてもらう。そして、自分のＭＰが切れる感覚を自分で掴んでもらわないと。ＭＰ管理は精霊術士に限らず、魔法使い全般の必須事項だ」

「はい」

「攻撃を開始する前に防御呪文は必須だ。アタッカー、つまりハヤテが攻撃を入れたら、ハヤテが敵のヘイト、つまり恨みを買う。そしたらアネッテは安心して敵に弱体魔法をかけられる」

アネッテは真剣な表情でリキオーの解説を聞いている。

「弱体魔法を入れ終わったら、味方の様子を見ながら回復魔法優先で、余裕があれば攻撃呪文も入れていく。これを一つの作業として理解しろ。レベルが上がったのでもう一度、ブタとやってみるか」

「は、はい」

アネッテの返事に、ハヤテも「わうっ」と吠える。気力も十分そうだ。

そして、リキオーは懐から、石つぶてを取りだして、泥地で体をくねらせるブタに投げつけた。

ほとんどダメージは負っていないが、威嚇されたブタはブヒィと唸り声を上げげて、リキオーたちに襲いかかってきた。

「戦闘開始だ！」

「は、はいっ、【プロテクトヴェール】！」

ガンッ、ガンッ、と石の鎧のようなエフェクトがハヤテとアネッテにかかると、ハヤテがダッシュして、ブタに襲いかかる。

ハヤテが、ガウッと前足でまん丸いブタの腹を押さえにかかる。その一撃が入ったのを見計らって、アネッテが弱体呪文の詠唱をはじめる。

「【ディアサイズ】！ ……【パラライザ】！ ――【バスター】！」

リキオーは、アネッテの唱え方に感嘆を洩らした。呪文のタイミングが抜群だ。さすが、天性の精霊術士のエルフだけはある。【バスター】は、時間経過による継続浸透ダメージを与え、敵の防御力を落とす行動阻害効果まである光系弱体呪文だ。

光の粒が集まってきて凝縮すると、ブタにまとわりついていき、鎖のようなエフェクトが後からブタに絡まる。時々、麻痺で動けなくなったところに、ハヤテがガブリと噛みついて、ダメージを与えた。

と、同時に針のような光がブタのピンク色の肌に焼き印を作る。

（ああ、あれ微妙に痛いんだよなあ……）

自分が【バスター】を対人戦で食らったときのことを思いだして、リキオーは顔をしかめた。もっとも、そのときはあっさり近づいて返り討ちにして倒してしまったのだが。

「これで終わりです、【ジャッジ・ボルト】！」

ブタのＨＰバーがもう1ミリぐらいのところで、アネッテの初級精霊攻撃呪文【ジャッジ・ボルト】が残りのＨＰを削り潰した。ジャッジ・ボルトはリキャストタイムが1秒と短く、使いでがいい初級攻撃魔法だ。

ブヒィィ！　と断末魔の声を上げてブタが沈む。

死後硬直の痙攣がリアルで笑ってしまうが、そういえば現実だったと思いだし、ぽいぽいとインベントリに放り込んだ。

「ようし、お疲れ」

「はふぅ、お疲れ様でした」

ハヤテはまだ余裕がありそうだったが、アネッテの回復呪文を受けて、わっふぅと唸ると体を気持ちよさそうに震わせた。

「どうだ、レベルが上がって全然楽になっただろ」

「はい、さっきと同じ敵なのに不思議です。ＭＰもまだ半分くらい残ってる感じです」

「ああ、それがわかればいい。さっきの弱体魔法を連続で入れるときに、次の魔法を撃つまでにタイムラグがあるのわかったか？」

「はい、何か抵抗が残って次の魔法をかけられない、あれですよね」

「そう、それがわかれば魔法使いは合格点を与えられる。いわゆるクールタイムというやつだな。戦士でも複数の技をかけるときに、前の技のクールタイムが終わってないと次が撃てなくてもどかしくなる」

リキオーの解説に驚いた表情をしているアネッテ。他のジョブの立ち回りを知ることも後衛職にはとても勉強になる。

「そんなことがあるんですね」

「精霊術士は回復も攻撃もできるからな、前衛の戦士の状況、全体の戦闘の流れを把握しろ。お前がパーティの要《かなめ》になるんだ」

「は、はいっ、頑張ります」

アネッテは頬を紅潮させて頷き、心地よい達成感と期待される喜びを噛み締めていた。

「今のでまた2レベル上がってるな。さすがにブタでも初心者には格上だもんな。回復したと言っても疲れただろ。でもまあ急ぐ必要ないしな。ゆっくり上げていけばいい」

それからリキオーたちは薬草を集めはじめた。

ハヤテにヒールグラスの匂いを嗅がせて探せないかと思ったが、くしゅんとくしゃみをしただけでふるふると首を振ってやる気がなさそうだった。

アネッテはその様子にクスクスと笑いながら、見つけた薬草を丁寧に採取していた。

29　世界の理

村に戻り、アネッテにはハヤテをつけて買い物に行かせた。

まだエルフの美貌にびっくりする人がいるために、フードつきローブでしか出歩けないのは不憫《ふびん》だ。何とかしたいところである。

リキオーは薬草採取のクエスト完了報告と状況確認のために冒険者ギルドへと向かった。ギルドは冒険者の情報交換の場でもある。

「こんにちは、リキオーくん、ハヤテちゃんは一緒じゃないの？　残念だわ」

「リティナさん、これ薬草採取クエスト完了報告です」

「いつも、ありがとう。Cクラスなのに地道に薬草採取もこなしてくれるリキオーくんにはいつも感謝しているのよ」

午後の受付カウンター担当はリティナだ。毎日風呂に入っているせいか、色香も三割増しといったところで、ギルドホールに設置されているカフェテリアにいる野郎どもからの殺気が半端ない。

「リティナさんも、広場の銭湯に行ってるんですか」

「そうよ、だって、オーナーが寮にお風呂つくってくれないんだもの」

ぷんすかと頬を膨らませる表情が可愛い。美人は何をしても可愛い。

「お風呂ってダイエットにも効果的なんですよ。まあリティナさんには必要ないと思いますけど」

「ウフッ、ありがと～♪」

笑顔で手を振ってくれるリティナに会釈してギルドを出ると、リキオーは鍛冶屋のオヤジのところに顔を覗かせた。

「こんにちは」

「よう、リキオーの小僧じゃねーか。なあ、これ、何になるんだ？」

「まだ秘密です。というか実験段階なので、失敗したら赤っ恥ですからね」

「まあ、何だか知らねーが、まぁたみんなをびっくりさせるようなもん作ってんだろう？　へへ、いい腕の見せどころ作ってくれて、こちとら楽しくて仕方がねぇや」

リキオーは今回、金属製のパーツの製作を鍛冶屋に頼んでいた。

次は大工の棟梁のところだ。

「お、リキオーさん、お疲れッス。例のものできてますよ。仕上がり見てもらえやすか」

「うん、ありがとう」

リキオーは仕事場の隅で、作ってもらったものの形をたしかめ、精度をよくチェックする。

「いいね、よくできてる。これなら使い物になるかなあ」

「今度のはどんな気持ちいいモンなんですか」

「うーん、いつでも昔のことを思いだしたりするものかなあ」

「おお、なんかすごそうッス」

「まあ、成功したら、ね。失敗する可能性のほうがでかいから」

リキオーはハハハーと大工の弟子たちと笑ってから、家に戻った。

途中、商業ギルドに寄って進展があるか聞いてみたが、捗々《はかばか》しくないようだ。とりあえずヒントを出しておいたが、発想の転換は難しそうである。

アネッテがハヤテと買い物から戻ると、メインフロアのテーブルの上で何か黒いものがピィーッと音を立てて、くるくる回っていた。

「マスター、只今戻りました」

「おかえり、今、水汲みしてるから風呂はもう少し待って」

「はぁい」

アネッテは炊事場の奥にある棚に買ってきた食材を収めてから、リキオーの様子を見に風呂の裏に回った。

彼は風呂場の釜場で魔石によって維持されている火を眺めていた。

「マスター、テーブルの上のアレ、何ですか？　また変なもの作ってるんですか」

「うん、作ってるね～」

今リキオーは暇つぶしで動力のようなものを作っている。

テーブルの上のものはその試作品だ。

だが、うまくいかない。鍛冶屋の親父や大工の棟梁のところで作ってもらった部品を組み合わせたのだが、丁度いいスピードを維持することができずに頓挫《とんざ》してしまった。

それは別にしても、リキオーとしては魔石を利用した道具には興味津々だ。家の中にあるものでも何かの参考になればと観察している。

まず、魔石コンロは面白いことだらけであった。

魔石を下に設置した魔石回路があり、術式によって火の魔法が維持される仕組みだ。これはこの世界の理である火であって、リキオーが元いた世界の物理法則の現象ではない。何しろ燃焼していないのだから。

魔石コンロの火を維持している術式は別に火だけに限定されるものではなく、そこに起こせる現象なら何だっていい。つまり、風でも、だ。その結果がテーブルの上のものだ。

「アネッテ、風の魔法って使える？」

「精霊術ですか？」

「いや、生活魔法」

「マスター、生活魔法に風の魔法はありませんよ」

アネッテが、さも当然とばかりに指摘してくる。

たしかに、前に神父から生活魔法を教えてもらった際には火と水と土しか教えてもらっていなかったような記憶がある。

しかし、リキオーは難なく風の自然魔法を発現させ、インパクトやブレードといった風魔法を生みだしてしまった。

「そうだったのか。でも、俺は風の生活魔法を使える」

「あのう、何か変なもの食べましたか……」

アネッテは思い切り可哀想なものを見る目でリキオーを見ていた。

「そんな目で見るなっ、俺は正常だっつーの。俺は生活魔法スキル（S）なんだぜ」

「どういうことですか」

「俺はな、この世界に新しい魔法を作ったんだよ。風の生活魔法っていう名前のな」

そう言うとリキオーは足元から風を巻き起こした。魔法を使えないはずの戦士のリキオーから湧き上がる魔の気配。アネッテは不思議な現象を目撃する恐ろしさにフリーズする。

巻き起こされた風は彼女の着ているスカートの裾を翻《ひるがえ》らせ、パンツが丸見えになった。

「あ！」

「マスターのエッチ！」

突然のことに呆気に取られていたアネッテは、カーッと真っ赤になると思わず飛びだして扉を大きな音を立てて閉める。

「よし、これをスカートめくりの魔法と名づけよう！　じゃなくて。生活魔法ってこええな。イメージを具現化する魔法。こりゃやべえ！」

イメージの具現化ができる生活魔法に、大きな可能性を感じるリキオーであった。

30　戦いの厳しさ

今日は連続してレベル上げを行うため、森に来ていた。今日から三日間は外でキャンプをして過ごすのである。そのために食料品なども買い込んである。

すべてリキオーのインベントリに入っているので重くはない。カムフラージュのため、アネッテには中身が空の、見かけだけデカいバッグを持ってもらっている。

「マスター、これ軽くていいんですけど、意味あるんですか」

「三日もキャンプする予定なんだから、そのくらい荷物がないと雰囲気が出ないからな。まあ、意味はないんだけど」

リキオーも肩から重そうに見せかけるバッグを背負っている。もちろん中身は空っぽである。どうせ町の外に行けば彼のインベントリ行きとなるからだ。

実際のところ、通常のパーティでは二、三日でも家を空けて小旅行するとなったら担ぐような荷物が必要だ。戦闘では荷物を投げだすので、旅半ばにして食料や装備を失ってしまう危険もある。

最近は、ハヤテの成長が著しい。

毎日スクスク大きくなっている。やはりスカーウルフぐらいになるのだろうか。そうなると家を移動しなくてはならなくなるかもしれない。元々、ハヤテがいるから今の家に住んだのにまた引っ越しかも知れないと思うと、残念な気もする。

ハヤテの頭の後ろを掻いてやりながら森の中を歩く。リキオーが風魔法倍出力で細くした「ウインドブレード」で、藪やら茂みやらを切り開いていくのを、アネッテはやや引いた眼差しで見ている。

「何回見ても、マスターのそれ、おかしいですね。生活魔法のレベル超えてますよね。しかも倍出力って何ですか。MPを2しか使わないでその威力、おかしいですよね」

「あんまり、おかしいって連呼しないでよ。だってできるんだし、便利なんだからいいじゃないか」

ションボリするリキオーに、相変わらずクールで冷たい視線を向けるアネッテ。

「私が心配してるのは、マスターのその風魔法って純粋魔力の行使なんだってことです。普通、純粋魔力を行使できるのって精霊だけなんですよ。精霊契約もしてないのに使えるのは変です」

「何が問題なのかわかんない」

リキオーは顔に疑問符を浮かべてアネッテに振り返る。

「いいですか、法術士にしろ賢者にしろ精霊術士もそうですが、何かを依《よ》り代《しろ》にして魔法を使っているんです。その依り代が魔力の暴走や逆流を抑えているんです」

こんこんと魔法の講義をするアネッテは女教師みたいでエロいな、とリキオーは場違いなことを考えていた。

「そういう安全処置をしていないマスターの場合、魔力汚染の可能性もあります」

「魔力汚染ってどうなるの」

「魔法が使えなくなりますし、魔力の強い場所では体調がおかしくなります」

「怖いんだね。わかったよ、アネッテが心配するからあんまり使わないようにするよ。ありがとう」

「い、いえっ、私はマスターだけが頼りですから」

ポッ、と赤くなる美少女がもう辛抱たまらんぐらいカワイイ！　と、リキオーの萌えをくすぐった。これツンデレというやつだろう。リキオーはアネッテの可愛らしさに、ニヤニヤと笑いを浮かべていた。

家で試していた風魔法による動力開発は断念した。

他人に使えないのでは意味がないからだ。その代わりに火魔法維持で水蒸気利用に切り替えた。しかし、レコードの作成は現在棚上げ中である。

リキオーは森からかなり入ったところで、ここでいいか、とバッグを下ろした。

「今日から三日間、ここでキャンプします」

「はい」

「ハヤテ、警戒してきて」

わうっ、と吠えて飛びだしていくハヤテはもはや小動物とは呼べない感じになりつつある。

リキオーは倍出力ではない普通の土魔法でかまどや囲炉裏を作った。

アネッテもフードつきのローブを脱ぎ、杖を取りだした。

隠れていた足元が露わになる。綺麗な足首が見えるし、胸元も覗いてえっちぃお姉さんになっている。正直たまらんというのがリキオーの感想だ。

リキオーの視姦に、彼女はカァッと頬を赤らめてにらみつけてくる。

（あの下、ノーブラなんだよなあ。あー、たまらんぜ！　さすがエロフ）

ハヤテが戻ってくるのに合わせてエロ妄想を止め、ハヤテの頭の毛をガシガシと撫でてやってから、歩き出す。

この国の女性の下着は基本的にショーツだけだ。上は男と共通のシャツになる。この国では男も下はトランクススタイルの下着の上にスカートみたいなのを穿いている。イメージとしては中東アジアっぽい。

アネッテは、お気に入りの緑色のえっちぃ胸開きロングベスト風ワンピースを着ていて、その下はノーブラである。スカートを装備できるようになった今も胸の谷間を覗かせ、それはそれは眼福ものだった。

歩いているとブタさんがいらっしゃる。レベル差2なので怖くない敵だ。

「ブタさん見っけた。丁度いいので、この前の復習を兼ねてサクッといこう」

「はい。防御呪文展開します、【プロテクトヴェール】！」

カシャンカシャンと鎧をイメージさせるエフェクトが二人にかかる。ハヤテはわうっとひと吠えし、たったっと、気負いない足運びでブタに近づくと、唸り声を上げて飛びかかっていく。

ぷぎぃ！　と唸り声を上げるブタさんの威嚇の鳴き声が聞こえてくると、アネッテが杖を構えて弱体呪文を完成させる。

「【ディアサイズ】！　……【パラライザ】！　……【バスター】！」

前回の戦闘で教えたクールタイムのことを、ちゃんと物にしているようで何よりだ。ハヤテの一撃を受けて怯んだブタさんに、アネッテの光系弱体呪文がかかっていく。

光の粒で蝕み、鎖が絡み、針が刺さる。

ハヤテの爪が横薙ぎにブタさんを弾き飛ばすと、アネッテは雷系初級呪文【ジャッジ・ボルト】を唱えはじめる。

が、その甲斐もなく、ハヤテがブタさんの喉元を食いちぎり、とどめを刺した。アネッテはフゥ、と溜め息を吐いて気を抜いた。

(よし油断しているな。これも経験だ)

そこにリキオーは魔力も込めず、気づかれないようにアネッテの死角に隠した手の中で指弾を打ち出す。音もなく茂みの隙間に飛び込んだ石つぶてが、漁夫の利を狙っていたはぐれ犬の目の前で炸裂し、ガウウッと唸り声を上げた。

「え、あッ、ハヤテさん」

ハヤテも唸り声に反応し、ガァァッと唸り声を上げて飛びかかっていく。しかし、ハヤテのＨＰ

は下がっていたので、アネッテは回復しようと【ショートヒール】を連発してしまう。

するとハヤテよりアネッテのほうが脅威度が高いと判断したワンコは、ハヤテを無視してアネッテに向かって走りだす。

「きゃあッ」

自分に向かってくる目つきの悪いワンコに怯えて悲鳴を上げるアネッテ。しかし、目を瞑《つむ》って蹲《うずくま》る彼女に攻撃が当たる瞬間、リキオーの生活魔法倍出力のアースガードが土の壁を作った。

ワンコは頭からダイブして、ギャワンッと悲鳴を上げる。そこへ、後ろから走ってきたハヤテが襲いかかった。

「えっ、な、何？」

「アネッテ、防御呪文再詠唱」

「は、はいッ」

まだ戦闘は続いてる。

リキオーの指示に我に返ったアネッテが呪文を唱えはじめると、ハヤテが目の前で汚いワンコに猛チャージを掛けている。

あたかも、彼女に襲いかかろうとした狼藉者《ろうぜきもの》に一撃を加えんとばかりに。

アネッテの防御呪文が完成し、カシャンカシャンと二人にかかる。

「攻撃呪文で畳みかけろ！」

「はい」

アネッテはリキオーに言われたとおり、ブタさんには風系初級攻撃呪文【ウィンド・カッター】と雷系初級攻撃呪文【ジャッジ・ボルト】を、ハヤテには初級回復呪文【ショートヒール】を唱えた。だいぶ減っていたハヤテのＨＰが回復する頃には決着が付いた。

「よぅし、お疲れ～」

アネッテは険しかった表情を緩めて、ヘナヘナとその場に蹲《うずくま》る。

ハヤテは彼女にわうわうと吠えると、ぺたんと座り込んだ。アネッテの気が緩み、【プロテクトヴェール】の効果が切れる。

「今の状況は何だったか、わかるか」

「えっと、ブタさんを倒したと思ったら犬さんがいたんですよね。でも、ハヤテさんのＨＰが減っていたのでヒールをかけました。そうしたら、犬さんがハヤテさんを無視して私に襲いかかってきました……」

「そうだな。じゃあ今の行動で何が悪かったから、そういう事態になったんだ？」

「えぇっと、ハヤテさんにかけたヒールですか」

アネッテは自分がしたこと、状況を考えて真剣な表情で答えた。

「そうだ。ＨＰが減っているところにかける回復魔法というのは、敵対行動しているモンスターのヘイトをとても高く引き上げる。だから、あの場面でアネッテがすべきだったのは、ハヤテがヒール分のヘイトをあらかじめ稼ぐまでは耐えることだったんだ。ヘイトを稼がないでいくなら、弱体化魔法でもよかった」

「でも、それじゃハヤテさんが死んじゃいます」

「それぐらい今のハヤテなら耐えきるさ。なあ」

わうわうぅと吠えて頷くハヤテ。

「俺もいるしな。そう、あのとき、アネッテに必要だったのは仲間を信じるってことだな。そのためにも普段から相手のことを理解しておくのも必要だ」

アネッテがハヤテと見つめ合っている。心配そうな顔をする彼女に誇らしげな顔でしっぽをふるハヤテ。二人の間でどんな会話がされているのか、わからないが想像はできる。

「お前が生き残ることはパーティの生存率を上げることになる。だから非情だが、そのときが来たら、仲間を見捨てる覚悟も必要になる。エルフの精霊術士がレベル30になると蘇生呪文を覚えるだろう？　そのときにパーティ全体を存命させるために一人を見捨てるって場合だってあるんだ」

「そんなのおかしいです」

アネッテはリキオーの言葉に悲しみのこもった眼差しを向けていた。

今はまだ、その言葉を理解できないのだろうと、リキオーもそれ以上は言わずにアネッテの視線を受け止めた。

とはいえ、リキオーの思考はゲームの時のものなので、この世界では違うのかもしれない。ゲームなら死んでも簡単に蘇生可能だが、ここではそれが可能かどうかわかっていないのだ。

31　野外キャンプの夜

今の戦いでアネッテもハヤテもレベルが上がった。

ブタさんことワーピッグはレベル10だが、ワンコことワードッグは単体でレベル15、集団になるとさらに脅威度がレベル20になる。

敵とのレベル差が5以上あるとき経験値はフルで入ってくる。そこからレベルが1上がるたびに5％ずつ減っていき、同レベルだと25％も減ってしまう。だから犬は今のレベルでは美味しい相手だ。なにせいっぱい湧くので、経験値が美味くなくなっても狩ってる者もいる。

今日はここにキャンプを張って泊まることにする。

河原のせせらぎの音が聞こえる場所に、結界呪術のペグを四隅に打ち込み、そこに呪符《じゅふ》を張って起動させる。結界の魔力が一瞬だけその効果範囲を示すように光った。

さらにリキオーは、土魔法を使って風呂を作っていく。

生活魔法スキルのランク（S）の本領発揮である。

アネッテには夕食の準備をしてもらっている。料理に使う水はもちろん、リキオーが生活魔法で出すので使い放題だ。

ハヤテは料理を作る彼女の側で護衛をしていた。魔物除《よ》け、獣除《よ》けの結界を張っているので不要なのだが、やってもらうと雰囲気が出る。それに、簡易結界のため強めの敵には効果がないので、彼の頑張りにも意味はなくはない。

風呂を製作中のリキオーは、まず河原の硬い岩盤に向かって土魔法倍出力を放った。それによって、ドカッ、ドカッと派手な音を立てて穴が空く。人なら二人で窮屈になるぐらいの穴。これが浴槽となる。

そして、その中に河原から水を引いて溜め、そこへ二人のレベル上げにつき合ったときにひっそりと開発していた新技「ヒートボール」を放つ。これは、指先に炎をためて熱した石を飛ばすという魔法である。

「ヒートボール」の石で、浴槽は温められ、すっかりいい湯加減に仕上がった。これで風呂の完成だ。

風呂の用意ができたので、リキオーはアネッテたちのいるグリルの前に戻ってきた。ちなみにこのグリルも土魔法で作ったものだ。

「マスターの魔法、キャンプのときにすごく役立ちますね。普通はこんなに水を出せませんから。屋外で茹でたりできるなんて思いもしませんでした」

アネッテは囲炉裏の上でぐつぐつと煮立つ鍋にパスタを投入しながら、嬉しそうにしている。

こんなふうに役立つところをアピールしていれば、アネッテからの評価が上がるのではないかと

考え、ニヤニヤと笑みを浮かべるリキオーだった。

キャンプで作ったとは思えないレベルの料理を、二人して肩を並べて食べ終えると、囲炉裏の中で燃えて揺れる火を見つめた。

火を見つめていると素直な気持ちになれる気がする。

アネッテが、急にリキオーに話しかける。

「マスター、昼間はきついこと言ってごめんなさい」

「いいんだよ、アネッテが俺のことを思って言ってくれたんだからね」

すこし照れた彼女が可愛くて、リキオーは肩を抱き寄せて耳元にキスをしてあげた。アネッテは「ひゃん」なんて可愛い声を出して赤くなる。

燃え盛る火を見ていると、うとうとしてくる。アネッテもずいぶんと眠そうだ。

「火っていいですよね」

「ああ、でも、そのまま寝ちゃダメだよ。風邪をひいたら翌日起きたときに後悔するから」

「はぁい」

アネッテはそう言いながらも、もう半分船を漕いでいる。

ハヤテはキャンプの端に敷いた野宿用シートの上に移動してゴロンと寝っ転がると、はぅぅと欠伸《あくび》をした。

（そういえば、昔はキャンプっていうと、星を見てたもんだ）

そう思って、リキオーは空を見上げる。

この世界は空気が汚れていないので、そこには満天の星が見えた。壮大な天体ショーだった。

「すごいな。これは」

いかにも異世界というふうに、月が二つある。比べるものがあるせいか、非常に大きく感じられた。

一方は赤い色をしている。ここが地球ではないどこかという事実の確認ができた。地球にいた頃は、普通に見ていた有名な星座もここでは見られない。

「マスター、何を見ているんれすかぁ」

「ああ、空だよ。アネッテ、あの月、なんて言うの」

「今日も出ていますね。赤いのがアレス、白いのがユウリテです。お伽話があるんですよ。お月さまになった二人の王子様のお話……」

「聞かせてよ」

問いかけたが、んにゃむにゃという寝言みたいな声がするばかり。隣を見ると、すでにアネッテの首は落ち、スゥスゥと静かな寝息を立てていた。

「少し無理させちゃったかな？　まあ、最初だし大目に見てあげよう」

リキオーは苦笑しながら、アネッテをお姫様抱っこしてハヤテの隣に下ろし、毛布をかけてやった。

「あ、そういえば、アネッテと一緒に風呂入ろうと思って浴槽を作っておいたんだった。しまった……。まあいっか、せっかく作ったから俺だけでも入るか」

リキオーは、モードチェンジで武装を仕舞うと、服を脱いで浴槽に体を沈めていった。

「ふぅぅ、やっぱり日本人は風呂だよなあ」

すぐ傍らを流れる川のせせらぎと、どこかで鳥の鳴く声が静かな夜の雰囲気を醸しだしている。

「風呂と、この天体ショーさえあれば、満足だな」

風呂から上がって着替えると、アネッテたちのところに戻ってきて隣に寝っ転がる。ハヤテが一瞬、目を覚ましてまた寝入った。

「おやすみ」

ハヤテがしっぽを振って応えてくれた。リキオーは、クスッと笑うと自分も目を閉じて眠りの中に入っていった。

32 追手

レベル上げを終えて家に帰っても、とくに支障がない限りずっとパーティのままでいることにした。パーティでいるといろいろメリットがある。パーティメンバーの状態を把握できるのだ。

また、パーティメンバーの装備画面からアバターを操作して装備を外すこともできる。これを見つけたときは衝撃だった。

家にいて、何気なくアネッテの装備画面を眺めていたとき、装備を見ると、エプロンをつけていたので、エプロン以外の装備を外してやったのだ。

「ひぁッ……。な、何がッ、マ、マスター！」

「い、いや、ごめんなさい。俺もまさかできるとは思わなくて。それにしてもすごいな、すごくえっち。いいッ、裸エプロン最高！」

「マスターの馬鹿ぁ！」

リキオーが、グッジョブの指サインを出して「てへぺろっ」という顔をすると、アネッテが真っ赤になってにらむ。

美人が怒るととても怖い。

「アネッテ、そう怒らないで聞いて。俺たちは今パーティを組んだ状態になっているから、俺同様に、君もこの能力が使えると思うんだ。さっき君のパンツを装備から外したから、パンツは君のインベントリに納まっているはず」

「また、私を騙してるんじゃないでしょうね？」

しょっちゅうリキオーに騙されたり、からかわれたりしているアネッテは疑心暗鬼だ。

「試しにパンツって思いながら、この辺を引っ張る動作をしてごらん」

半信半疑で言われた通りのことをしてみるアネッテ。

するとアネッテの手にパンツが現れ、それを彼女はおっかなびっくり眺めた。

「えー……、う、うわっ、す、すごい！　マ、マスター」

興奮するアネッテを横目に、リキオーはアネッテのパンツを【鑑定】スキルで確認していた。ちなみにアイテム名はシルクショーツだった。これの解説が面白い。

鑑定 -APPRAISAL- CLOSE

鑑定結果

【シルクショーツ】

迷いの森のエルフが身につけるショーツ。精霊樹に集まる蛾の繭《まゆ》から採取された最上級のシルクで織られている。クオリティ：b

さすがエロフ、身につけるものまでエロい！　リキオーは鑑定画面を見ながら、ハイテンションになっていた。

この能力、悪用する気になれば、いくらでも悪用が可能だ。

何せパーティメンバーの装備を弄《いじ》れるのだから、パーティメンバーの持ち物を自分の懐に移動させちゃったりできるのだ。

ニセの盗難事件も作れてしまう。

それで仲違いでもすればパーティ解散に持っていけるだろう。

とはいえ、できるということと、実際にするのとは話が違うものだ。

＊＊＊

その頃、王都では問題が立ち上がっていた。

国家災害級モンスターのアングラーを倒した英雄、鷹の巣団の面々が、じつは嘘を吐いているのではないかと疑われているのだ。

彼らは、王宮直属近衛騎士団の団長室で、将軍バルナバスその人によって問い詰められていた。

「それでは、あなたがたは神のご加護があって、邪気を打ち払い、あの巨大な魔物を倒したと言われるのですな」

「そ、そうです」

騎士団の団長という、言い逃れもできそうにない相手を前に、さしもの英雄たちも色が冴えない。

今までユニークモンスターを相手にするときは、漂う邪気を打ち払うことができずに多くの犠牲者を出しながら戦ってきた。国中からかき集めた多くの戦力を犠牲にして、どうにか一匹を倒せるかどうかという話だったのだ。

それが出現からほんの三時間ほどで、一切の犠牲者を出さずにたった四人のパーティで倒したという。

彼らの栄誉や活躍を疑う者はいない。

実際に倒されて横たわるモンスターの死体がその証明だ。

しかし、その言動には大きな疑問が残る。

彼らの言う神のご加護。それは本当に神の起こした奇蹟なのか。

それとも他の協力者がいたのではないか。神のご加護だというなら今までの討伐で起きていても不思議でない。

すべての要素を洗いだし、すべての証人の言質《げんち》を取らねばならない。その場に居合わせた商人、駆けつけた関所の兵士、調べるべき人間は限られている。

どんなことでもいい。被害を食い止め、最低限の犠牲で倒せる方法を模索していかなければならない。それがこの件で拾い上げなければならないことなのだ。

鷹の巣団の英雄たちを退席させた後、将軍バルナバスは、部下のカミルを呼びだした。

女受けしそうな涼しい顔をしている男だが、その実、かなりの切れ者である。

「カミル、お前にこの件は任せる。国家災害級モンスターを倒したのが何なのか、徹底的に調べろ」

「は、必ずや真相を掴んで参ります」

カミルは垂れかかる前髪を掻き上げると、将軍の元を去った。

一人になり、将軍バルナバスは頭を掻きむしった。

王の周辺からは、近衛騎士団はいざというときに頼り甲斐のない組織ということで、解体案さえ出ているのだ。

常備軍として最高の力を維持していなければならないのに、英雄となるのは冒険者ばかり。

彼は、その歯がゆい現実を打破するための力を求めていた。

Re:Monster
リ・モンスター
1~6
外伝
金斬児狐
Kanekiru Kogitsune
シリーズ累計
23万部
突破!
ネットで話題沸騰!
怪物転生
ファンタジー
転生したのはまさかの
最弱ゴブリン!?
怪物だらけの異世界で、壮絶な
下克上サバイバルが始まる
ストーカーに刺され、目覚めると最弱ゴブリンに転生していたゴブ朗。喰えば喰うほど強くなる【吸喰能力《アブソープション》】で異常な進化を遂げ、あっという間にゴブリン・コミュニティのトップに君臨—— さまざまな強者が跋扈する弱肉強食の異世界で、有能な部下や仲間達とともに壮絶な下克上サバイバルが始まる!
■各定価：本体1200円+税
■illustration：ヤマーダ
待望の
コミカライズ!
いよいよ刊行!
■漫画：小早川ハルヨシ
■定価：本体680円+税
Re:Monster
リ・モンスター
1
転生したのは…最弱ゴブリン!?
異世界下克上
サバイバルファンタジー
累計23万部突破!!
待望のコミカライズ!!
アルファポリスHPにて大好評連載中!
アルファポリス 漫画
検索

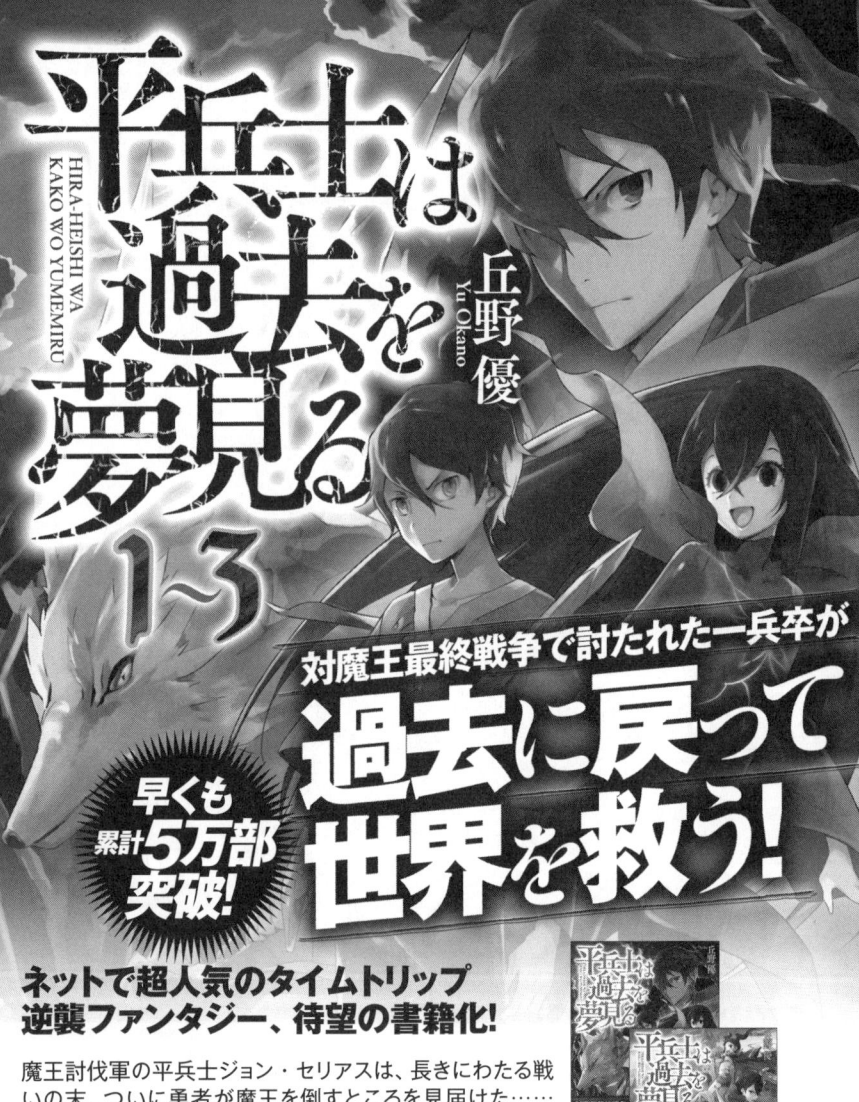

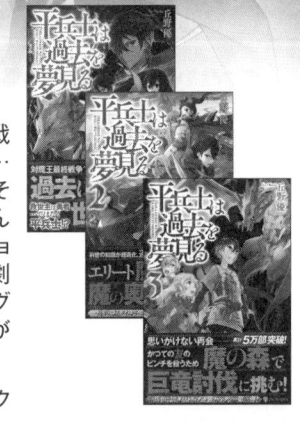

3人娘を見守りつつ
生産職極めます！

双子の妹達から保護者役をお願いされ、最新のVRMMOゲーム『REAL&MAKE』に参加することになった青年ツグミ。妹達の幼馴染も加えた3人娘を見守りつつ、ツグミはファンタジーのゲーム世界で、料理、調合、服飾など、一見地味ながらも難易度の高い生産スキルを成長させていく。そう、ツグミは現実世界でも家事全般を極めた、最強の主夫だったのだ！ 超リアルなほのぼのゲーム世界で、ツグミ達のまったりゲームライフが始まった——！

定価：本体1200円+税　ISBN：978-4-434-20341-1

illustration：まろ

桐野《とうの》 紡《つむぐ》
埼玉県出身。趣味はゲーム、アニメなど。ペットは猫派。MMORPG をプレイしていた経験を基に、2013 年よりネット上で本作「アルゲートオンライン」の執筆を開始。瞬く間に人気を得て、同作にて出版デビューを果たす。

イラスト：Genyaky
http://genyaky.blog.fc2.com/

本書は、「小説家になろう」（http://syosetu.com/）に掲載されていたものを、改稿のうえ書籍化したものです。

アルゲートオンライン　～侍が参る異世界道中～

桐野 紡

2015年 2月28日初版発行

編集－芦田尚・宮坂剛・太田鉄平
編集長－塙綾子
発行者－梶本雄介
発行所－株式会社アルファポリス
〒150-6005 東京都渋谷区恵比寿4-20-3 恵比寿ガーデンプレイスタワー5F
TEL 03-6277-1601（営業）03-6277-1602（編集）
URL http://www.alphapolis.co.jp/
発売元－株式会社星雲社
〒112-0012東京都文京区大塚3-21-10
TEL 03-3947-1021
装丁・本文イラスト－Genyaky
装丁デザイン－下元亮司
印刷－中央精版印刷株式会社

価格はカバーに表示されてあります。
落丁乱丁の場合はアルファポリスまでご連絡ください。
送料は小社負担でお取り替えします。

ISBN978-4-434-20346-6 C0093